www.bbulmedia.com

www.bbulmedia.com

정사부 현대 판타지 장편 소설

Hunting Frontier

헌팅 프론티어

③

BBULMEDIA FANTASY STORY

뿔미디어

목차

Chapter 1
아버지의 상처를 고치다

　영원의 숲 남쪽.

　몬스터들의 터전인 이곳을 지금 2인 1수가 걸어가는 중이었다.

　블러드 고블린과 사투를 벌인 이정진은 약간의 부상이 남아 있기는 하지만, 정진이 펼친 힐 덕분에 건강을 되찾았다.

　삶의 마지막이 될 수도 있던 아찔한 순간에 거짓말처럼 정진이 나타나 자신을 구해주었다.

　그런 이유로 무척이나 고마운 마음이 들었지만, 지금은 그것을 표현할 만한 여유가 없었다.

지금 이정진은 자신과 불과 1m도 떨어지지 않은 곳에서 태연하게 걷고 있는 타라칸에 대한 고민으로 머릿속이 가득 차 있기 때문이었다.

정진에게서 몇 번이나 위험하지 않다는 설명을 들었음에도 불구하고, 이정진은 그 말을 도무지 믿을 수가 없었다.

긴장을 풀고 빈틈을 보이면 금방이라도 돌변해 공격할 것만 같았다.

그는 지금까지 살아오면서 몬스터를 길들였다는 소리는 한 번도 듣지 못했다.

하지만 정진의 말대로 지금까지 타라칸은 자신에게 그 어떤 적대감도 내비치지 않았다.

그 때문에 이정진은 무척이나 혼란스러웠다.

정진의 말을 믿자니 자신이 그동안 알고 있던 상식이 무너지고, 그렇다고 믿지 않자니 바로 눈앞에 정진에게 절대 복종하고 있는 타라칸이 있었다. 정말이지 머리가 아파올 지경이었다.

"저기, 정진아."

"네?"

정진은 지구로 돌아가게 되면 만나게 될 가족들의 생각에 빠져 있다가 이정진의 부름에 고개를 돌리며 대답했다.

"무슨 할 말이라도 있으세요?"

하지만 이정진은 막상 말을 꺼내고도 입이 잘 떨어지지 않는 듯해 보였다.

"옆에 그……."

이정진은 타라칸의 눈치를 살폈다.

지금까지 함께 동행하면서 타라칸이 사람의 말을 알아듣는다는 것을 알게 되었다.

정진의 명령을 바로 이해하고 그대로 수행했던 것이다.

정진에게 직접 물어본 바로도 타라칸이 말을 모두 이해하며 지성도 갖추고 있다고 했다.

그러다 보니 이정진은 타라칸에 대하여 언급할 때면 항상 조심스러워졌다.

혹여나 녀석의 심기를 거스르게 해 저 거대한 앞발에 한 대라도 맞는다면, 아마 자신은 뼈도 추리지 못할 것이었다.

그런 생각이 들자 이정진은 잠시 말을 멈추고는 하려던 질문을 조금 바꾸어 물었다.

"너, 뉴 서울에 도착하면 어떻게 할 생각이냐?"

"어떻게 하다니요? 일단 뉴 서울에 있는 헌터 협회에 복귀 신고를 하고, 노태 클랜에 들러 계약한 나머지 잔금을 받아야죠."

정진은 아카데미를 떠날 때부터 생각하고 있던 것을 말했다. 그러지 않아도 숲을 걸으며 차근차근 계획을 곱씹어보던 중이기에 망설임 없이 대답이 나왔다.

이정진은 살짝 고개를 저으며 다시 설명했다.

"내가 묻고자 하는 것은 그것이 아니라, 저 몬스… 아니, 네 가디언을 어떻게 할 것이냐는 말이야. 나야 너랑 동행을 하면서 저… 가디언이 안전하다는 것을 알고 있지만, 뉴 서울에 있는 사람들은 기겁할 텐데."

이정진은 말하는 중간중간에 타라칸의 눈치를 살폈고, 그런 예민한 모습에 타라칸이 걸으면서 이정진을 슬쩍 보았다.

"흡!"

그에 이정진은 자신도 모르게 겁을 먹고 숨을 들이마셨다.

아무리 헌터 생활을 오랫동안 해온 이정진이라도 지배자급의 위압감을 뿜어내고 있는 타라칸의 기세에는 겁먹지 않을 수가 없었다.

'하, 저놈은 전에 본 괴물보다 더하군.'

이정진은 자이언트 트롤의 우두머리 부아칸을 떠올렸다.

아머드 기어 네 기를 상대로 접전을 펼치다 유유히 포위망을 빠져나간 부아칸은 이정진이 지금까지 본 몬스터들 중에서도 단연 최상위에 속할 정도로 존재감이 엄청났다.

그런데 저 타라칸이라는 놈은 그저 시선만으로도 그보다 더한 위압감을 느끼게 하고 있는 것이다.

"가만있어!"

정진은 타라칸에게 한 번 인상을 써 보이고는 대답했다.

"그건 걱정할 것 없어요. 타라칸, 생활 모드로 변신해."

정진의 명령에 타라칸은 바로 몸의 크기를 줄였다.

"어, 어?"

이정진은 타라칸이 순식간에 자신의 무릎까지밖에 오지 않을 정도의 작은 강아지 크기의 모습으로 변하자 너무 놀라 말을 더듬었다.

사실 정진은 타라칸이 몸집 크기를 조절할 수 있다는 것을 알고 난 후, 때에 따라 적당한 크기로 변신을 하도록 교육시켰다.

그러면서 크게 세 가지 타입으로 구분했다.

몬스터들이 출몰하는 뉴 어스의 야생에선 본래 크기인 일반 모드.

도시 내에서 지낼 때는 지금처럼 작고 귀여운 생활 모드.

마지막으로 공간이나 상황의 제약이 있을 때는 일반 호랑이나 사자와 같은 크기의 하프 모드.

　이 세 가지 타입을 적절히 유지하여 사람들로부터의 경계심을 한껏 누그러트리게끔 신경 쓴 것이다.

　"어때요? 이 정도면 누가 의심하지 않겠죠?"

　정진은 미소를 지으며 말했다.

　이정진은 여전히 입을 떡 벌린 채 고개를 끄덕였다.

　"그, 그래, 저렇게 하면 다른 사람은 눈치채지 못할 것 같기는 하다."

　정진의 말마따나 타라칸의 현재 모습은 무척이나 귀여웠다.

　새하얀 털은 마치 눈이 내린 것처럼 반짝였고, 커다란 붉은 두 눈은 루비처럼 빛났다.

　게다가 작은 귀와 짧은 다리까지 앙증맞게 자리 잡고 있어, 아마 애완동물 애호가들에게 보인다면 눈을 뒤집으며 서로 차지하려고 할 것이 분명했다.

　더욱이 작아진 타라칸은 조금 전까지 온몸으로 내뿜고 있던 특유의 존재감마저 속으로 감춘 상태였다.

　지금 같은 모습이라면 그 누구도 타라칸을 몬스터, 그것도 거대한 덩치의 중형 몬스터라고는 의심하지 않을 것이었다.

† † †

"그러니까… 자네들이 한 달하고도 보름 전에 흰머리산 던전 탐사에 참여했다가 낙오를 당했고, 지금에야 복귀를 한 것이란 말이지?"

뉴 서울의 헌터 협회 간부는 조금 전 복귀 신고를 한 이 정진과 정진을 의심스럽게 바라보며 물었다.

"그렇습니다. 정확히 43일 전에 출발 신고를 했습니다."

이정진의 말을 들은 간부는 자신의 손에 들린 서류를 잠 시 들여다보더니 고개를 끄덕였다.

"용케 일꾼들이 그 위험한 뉴 어스의 정글에서 살아 돌아 왔군. 축하하네."

그는 덤덤한 말투로 축하 인사를 건넸지만, 속내는 결코 그렇지 않았다. 지금도 날카로운 눈빛으로 두 사람에게서 눈을 떼지 않는 게 그 증거였다.

서류에는 확실히 일꾼이라 등록되어 있지만, 그 어떤 일 꾼이 노련한 헌터도 살아 돌아오기 힘든 뉴 어스의 정글에 서 낙오되었다가 아무런 상처도 없이 복귀를 할 수 있단 말 인가.

그것은 절대로 불가능한 일이다.

때문에 협회 간부는 이들을 향한 의심의 눈초리를 거두지 못하고 있는 것이었다.

하지만 두 사람이 딱히 범죄를 저지른 것도 아니고, 서류상의 기록과 다른 점도 없기에 의심만으로 이들을 잡아둘 수는 없었다.

"알겠습니다. 나가보십시오. 다만, 아마 협회 차원에서 어떻게 아무런 부상 없이 뉴 서울까지 올 수 있었는지 조사가 이루어질 것입니다. 그때는 조금 더 자세히 말씀해 주시기 바랍니다. 요즘 본대에서 낙오되는 사람들이 심심치 않게 생겨나고 있으니, 여러분의 경험이 그들의 생존율을 높이는 데 요긴하게 활용될 수 있을 것입니다. 협조해 주시기 바랍니다."

헌터 협회 간부의 말투는 정중했다. 하지만 그 내용은 그다지 속편한 것은 아니었다.

정진의 귀에는 마치 어떻게든 너희의 비밀을 알아내고 말겠다는 말로 들렸다.

"뭐, 그렇다면야 저희도 당연히 협조를 해드려야지요."

인상이 조금 구겨진 정진과 다르게, 이정진은 유연하게 그의 말을 받았다.

전투나 생존 능력은 정진이 압도적으로 뛰어날지 몰라도, 다년간의 헌터 생활에서 나오는 노련함은 이정진이 훨씬 앞섰다.

　"가자."

　이정진은 아직도 굳어 있는 정진의 팔을 잡아 끌어 헌터 협회를 빠져나왔다.

　그런 두 사람의 뒷모습을 협회 간부가 차가운 눈으로 노려보았다.

　그러고는 그들이 시야에서 사라지자 곧바로 어디론가 전화를 걸었다.

　"여보세요, 임 지부장님? 저 뉴 서울 지부의 윤성식입니다."

　그 상대는 바로 노태 클랜의 뉴 서울 지부장 임현식이었다.

　뉴 어스에서는 외부와 통화를 할 수 없지만, 뉴 서울 내에서만큼은 유선으로 통신이 가능했다.

　"조금 전, 낙오되었다가 복귀한 사람들이 있어 알아보니 노태 클랜과 연관이 있는 사람들이더군요."

　윤성식은 조금 전 자신이 들은 이야기를 그대로 임현식에게 알려주었다.

생각도 못한 정보에 임현식은 놀라워하며 그에게 고마움을 표했다.

"뭘 그런 것 가지고 그러십니까. 이게 다 상부상조하는 것이지요. 이런 오지에선 서로 돕고 살아야 하지 않겠습니까?"

윤성식은 입가에 작은 미소를 띠며 너스레를 떨었다.

물론 그가 이렇게 두 사람의 정보를 넘긴 것은 정말로 호의에 의한 행동은 아니었다.

아직 외부에 알려지지 않은 정보를 빠르게 알려주면 그만큼의 대가를 받는, 일종의 거래였다.

윤성식은 지금까지 자신이 헌터 협회에 있으며 겪은 경험과 정보들을 토대로 두 사람의 정체를 추리해 보았다.

그런 후, 그가 내린 결론은 두 사람이 정부의 의뢰를 받아 헌터 클랜을 감시하는 옵서버일 거라는 추측이었다.

만약 자신의 판단이 정말로 사실이라면 클랜 측에게는 매우 중요한 정보였고, 그 말인즉, 돈이 되는 정보라는 뜻이었다.

윤성식은 자신에게 찾아온 기회를 놓치지 않았다.

엄밀히 따지면, 헌터 협회의 간부인 윤성식은 공무원이나 마찬가지다.

헌터 협회가 정부 산하 단체이기 때문이다.

몬스터가 새로운 자원으로 활용되면서 헌터란 직업이 우후죽순처럼 생겨났다.

그러다 보니 헌터들끼리 분쟁이 일어나는 경우 또한 적지 않게 발생하였다.

당연하게도 일반 경찰들이 개입하기에는 무척이나 어려웠다.

헌터라 불리는 이들이 가진 무력은 일반인으로서는 어찌할 수 없는 범주에 이르러 있는 탓이었다.

결국 정부는 헌터들을 보다 효과적으로 다루기 위해 부서를 신설하며 이를 헌터 협회라 명명했다.

그러고는 모든 헌터는 이곳에서 라이선스를 취득해야 몬스터 사냥을 할 수 있다고 법으로 규정하였다.

정부의 본래 계획은 관리의 어려움을 고려하여 협회 창립만 정부 주도로 진행하고 이후에는 민간에 넘기려는 것이었다.

하지만 몬스터의 사체는 고가의 자원이나 다름없어 예상보다 훨씬 많은 돈이 오가게 되었다.

이러한 사실을 뒤늦게 깨달은 정부는 헌터 관리에 적극적으로 뛰어들었다.

책임 소재를 피하면서 이득만 취하려는 행태였다.

그러다 보니 협회 운영은 허술해지는 게 당연했다.

결국 이렇게 내부 정보를 넘기고 뒷돈을 받는 이들마저 나오게 된 것이다.

"예, 예. 그럼 제가 더 고맙지요. 알겠습니다. 그럼 이만 일이 좀 바빠서……."

윤성식은 만족스러운 답변을 듣고는 서둘러 전화를 끊었다.

솔직히 뉴 서울 지부장인 그가 바쁠 일이 뭐가 있겠는가.

5년 전 발생한 몬스터 웨이브 같은 일이 또다시 벌어지지 않는 이상 특별히 바쁠 것이 없었다.

그리고 그건 노태 클랜의 임현식 또한 잘 알고 있었다.

다만, 이러한 통화가 길어져 봐야 하등 좋을 것이 없다는 것을 잘 알고 있는 두 사람이기에 적당히 통화를 마무리할 뿐이었다.

한편, 헌터 협회에서 나온 이정진과 정진은 발길을 돌려 노태 클랜 뉴 서울 지부로 향했다.

노태 클랜에 들러 마저 복귀 신고를 끝마쳐야 계약이 완료되기 때문이었다.

정진은 서류 작업을 마무리하는 대로 게이트를 통해 지구로 돌아갈 생각이었다.

　정진의 마음은 이미 지구의 가족들에게 가 있기에, 한시라도 빨리 일을 처리하고 싶은 마음이었다.

　잠시 후, 노태 클랜에 도착한 정진과 이정진은 가지고 있던 바디 캠을 반납하고, 곧바로 필요한 서류를 작성한 뒤 노태 클랜 지부를 벗어났다.

　이미 두 사람이 올 것을 알고 있던 노태 클랜에서는 서류 작성이 끝나기 무섭게 게이트가 있는 곳까지 에스코트하여 지구로 보내주었다.

　이정진은 평소와 다른 노태 클랜의 모습에 조금 이상한 것을 느꼈지만, 어차피 그리 나쁜 일이 아니었기에 그냥 넘어갔다.

　정진 또한 마찬가지로 빨리 가족들을 만날 수 있게 된 터라 별 의심 없이 그들이 인도하는 대로 게이트를 통해 지구로 향했다.

✝　　　✝　　　✝

　쨍그랑!

정은은 설거지를 하다 말고 너무도 놀라 그 자리에 굳어 버리고 말았다.

그 바람에 접시 하나가 깨지고 말았지만, 그 소리마저 들리지 않는 듯했다.

"뭘 그리 놀라고 있어? 무슨 죽은 사람이 살아온 것처럼?"

정진은 얼음처럼 얼어붙은 동생을 보며 태연하게 말하고는 신발을 벗고 집 안으로 들어왔다.

"잘 있었지?"

정진은 여전히 자신을 보며 아무런 말도 못한 채 눈만 깜박이고 있는 정은의 머리를 잠시 쓰다듬어 주고는, 안방으로 들어가 아버지를 찾았다.

"아버지, 저 돌아왔습니다."

"헉, 정진이냐? 정말 우리 정진이 맞아?"

수현은 오늘 따라 더욱 몸이 좋지 않아 안방에 자리를 깔고 누워 있다가 갑자기 들려온 소리에 깜짝 놀랐다.

수현 역시 정은처럼 믿기지 않는 듯한 표정이었다.

정진은 게이트를 넘어오면서부터 무엇보다 우선 아버지를 만나겠다고 결심했다.

누구보다 뉴 어스의 위험성에 대하여 잘 알고 계신 분이니, 자신이 예정된 기간에서 무려 13일이나 지나도록 돌아오지 않는 것에 대해 가장 많이 걱정했을 것이라 생각되었다.

어쩌면 헌터 협회나 노태 클랜에서 자신이 실종되었다는 소식을 들었을지도 모를 일이었다.

정진은 가족들의 반응을 보고 자신의 생각이 맞을 것이라 예감했다.

농담으로 던진 말이지만, 정은이 보인 반응은 정말로 죽은 줄만 알았던 사람이 돌아온 것 같은 표정이었기 때문이다.

"네, 저 맞아요. 늦어서 죄송해요."

"아니다. 이렇게 살아 돌아온 것만도 다행이다. 정말 다행이야."

수현은 진심으로 기뻐하며 정진의 손을 잡고 한동안 놓지 않았다.

그는 큰아들이 뉴 어스에서 돌아올 날이 되어도 나타나지 않자 무척이나 걱정을 했다.

분명 뭔가 일이 생긴 것 같은데, 다른 가족들은 자세한 이야기를 해주지 않아 더욱 불안했다.

그러나 막상 물어보지는 못하고 속으로만 삼켰다.

괜히 말을 입 밖으로 꺼내놓았다가는 정말로 그리될 것만 같은 생각 때문이었다.

그렇게 정진이 돌아오기로 한 날짜에서 일주일이 지났을 땐 체념을 했다.

자신도 헌터 생활을 했기에 뉴 어스가 얼마나 위험한지 누구보다도 잘 알고 있었다.

도처에서 인간을 위협하는 몬스터뿐만 아니라, 불량 헌터의 습격부터 동료의 배신에 이르기까지… 모든 것이 위험한 것 천지인 곳이었다.

그런 곳에 헌터도 아니고, 일꾼으로 계약을 하고 간 정진이었다.

더욱이 요즘 들어 뉴스 등에 심심치 않게 나오는 것이 바로 헌터들에 의한 범죄행위였다.

수현은 혹시나 정진도 그런 범죄에 희생이 된 것은 아닌지, 온갖 불길한 상상에 잠을 이루지 못할 지경이었다.

다만, 정진이 계약한 곳이 대기업 산하의 클랜이기에 그나마 한 줄기 희망을 놓지 않고 있을 뿐이었다.

그런데 이렇게 무사히 돌아온 것을 보니 그 기분은 이루 말로 표현할 수 없을 정도로 기뻤다.

"늦어서 죄송해요. 거기서 좀 일이 있어서. 자세한 이야기는 저녁때 말씀드릴게요."

정진은 자신의 손을 붙잡은 채 놓지 않는 아버지의 모습에 잠시 마주 잡아주고는 일단 몸을 씻으러 나왔다.

뉴 어스에 있을 때도 클린 마법을 이용해 깨끗이 하고 다녔기에 더러운 것은 없지만, 그래도 마법으로 청결을 유지하는 것과 따뜻한 물로 씻는 것은 느낌이 달랐다.

욕조에 따뜻한 물을 받아놓고 발끝부터 서서히 몸을 담그자, 온몸의 근육과 세포들이 따뜻한 온기에 녹아내릴 듯 이완되었다.

그러다 드디어 집에 돌아왔다는 생각에 살포시 눈이 감기며 잠이 들었다.

아무리 강력한 마법을 익히고, 가디언이 자신을 지켜주고 있다고는 하지만 내심 불안한 심리가 마음 한 켠에 있었는지, 이렇게 가족들의 품에 돌아와 마음이 편해지니 축적되었던 긴장이 풀린 것이다.

"오빠, 식사… 잠들었네?"

정은은 욕조에 몸을 담근 채 잠든 정진의 모습에 조용히 다시 문을 닫았다.

아침까지만 해도 침울하던 집안 분위기가 정진의 복귀에 확 바뀌어 온기가 느껴졌다.

"정말 다행이야……."

정은은 잠이 든 정진이 있는 욕실 쪽을 보며 작게 중얼거렸다.

"형, 그게 정말이야?"

"그래. 비록 죽을 위기를 겪긴 했지만, 그 덕분에 이 형이 이계인들을 만나고 마법이란 것도 배웠다."

"와, 한 번만 보여줘!"

네 식구가 자리에 둘러앉아 저녁을 먹었다.

정진은 식사를 하면서 그동안 뉴 어스에서 자신이 겪은 일들을 간단하게 들려주었다.

정진의 이야기를 들은 동생들의 표정은 가관이었다.

정글을 지나던 중 커다란 몬스터에 습격을 받았다는 말에는 온갖 걱정이 다 담긴 표정을 짓더니, 스승들을 만나 구원을 받고 마법이란 이능을 배웠다고 하자 놀라 마지않았다.

정진은 가족들의 걱정 어린 얼굴에, 또 때로는 축하와 격려의 미소를 통해 가족의 품으로 돌아온 것을 실감했다.

"형, 그러면 정말로 손에서 불덩이가 나가고, 번개하고, 또… 음, 아! 얼음도 나가고 그러는 거야?"

정수는 마법을 배웠다는 말에 뭐가 그리 신이 난 것인지, 계속해서 정진에게 질문을 해 댔다.

"야, 그만 좀 물어봐. 큰오빠 밥도 못 먹겠다."

"아, 그런가? 형, 그럼 밥 다 먹고 꼭 알려줘야 해? 알았지?"

정수는 누나의 타박에 얼른 말을 멈추었다.

정진은 그런 막내 동생의 말에 미소를 지어주고는 고개를 돌려 아버지를 보았다.

"아버지, 식사 끝나고 제가 허리를 좀 살펴봤으면 하는데, 괜찮으시겠어요?"

정진은 조심스럽게 물었다.

비록 아버지의 부상을 치유하기 위해서지만, 민감한 부분인 만큼 아버지의 기분을 고려하지 않을 수 없었다.

아버지에게는 당장 신체적인 장애일 뿐만 아니라 평생의 정신적인 상처이자 트라우마로 남은 부분이었다.

"그건 왜? 혹시 오빠가 아빠 상처를 치료할 수 있는 거야?"

정은은 정진의 말에 혹시나 하는 기대를 가지며 물었다.

"일단 살펴보고 말해줄게. 웬만한 부상은 고칠 수 있는데, 아직 확답을 하지는 못하겠다."

정진은 괜한 희망을 주었다가 만약 자신의 능력이 닿지 않아 고칠 수 없다고 하면 더 큰 실망을 할 것 같아 우선 살짝 발을 뺐다.

하지만 속으로는 신경은 아직 살아 있을 테니, 충분히 고칠 수 있을 거라 생각하고 있었다.

수현은 그런 정진의 눈을 지그시 바라보고는, 살짝 떨리는 얼굴로 고개를 끄덕였다.

저녁 식사를 마치고 거실에 모인 가족들은 조심스러운 시선으로 정진을 바라보았다.

정진이 아버지의 부상을 치료할 것이라고 했기 때문이다.

모두들 아버지가 부상으로 인해 얼마나 고통 받았는지 잘 알고 있기에, 간절한 마음이었다.

또한 정진이 정말로 신비한 능력을 지니게 되었는지도 확인할 수 있는 순간이기에 한순간도 눈을 떼지 못했다.

"아버지, 여기 엎드려 보세요."

수현이 다친 부위는 왼쪽 등에서부터 허리를 지나 오른쪽 골반에 이를 만큼 넓었다.

뿐만 아니라 대퇴부에도 심각한 상처를 입어 거동이 불편했다.

수현은 정진과 정수의 도움을 받아 바닥에 엎드렸다.

아버지의 상처를 살펴본 정진은 살짝 인상을 찡그렸다.

지금껏 상처를 보이는 것을 꺼려하셨기에, 아버지의 상처를 자세히 본 것은 이번이 처음이었다.

시간이 오래 지났지만, 아버지의 등에 남은 흉터는 처참했던 당시의 부상을 한눈에 보여주었다.

"스캔."

정진이 가만히 오른손에 완드를 꺼내 들고는 아버지의 등을 향해 마법을 시전하였다.

그러자 완드의 헤드가 밝게 빛나며 마법이 발현되었다.

완드에서 빛이 터져 나오자 정진의 동생들은 놀라움을 감추지 못했으나, 혹시라도 방해가 될까 싶어 소리를 내는 사람은 없었다.

잠시 후, 마나가 스며드는 것을 지켜본 정진은 정신을 집중해 상처 부위를 투시했다.

지금 정진의 눈에는 흉터의 상태가 정확하게 들어오고 있었다.

'내 짐작대로 다행히 신경은 다치지 않으셨다.'

아무런 말도 없이 상처만 들여다보고 있는 정진의 모습에 답답함을 느낀 정은이 더 이상 참지 못하고 물었다.

"오빠, 어때? 고칠 수 있는 거야?"

"형, 아버지 나을 수 있는 거야?"

염원을 담은 동생들의 눈빛에 정진은 살짝 미소 짓고는 고개를 끄덕여 보였다.

"그래, 가능할 것 같다."

"그게 정말이야? 흑흑."

정은은 북받치는 감정을 이기지 못하고 그만 눈물이 터트리고 말았다.

"왜 울어, 기쁜 일인데."

울고 있는 정은의 옆에서 정수가 달래기 시작했다.

평소에는 억척스런 모습을 보이던 누나가 눈물을 흘리자 정수 역시 저도 모르게 숙연한 기분이 들었다.

"치료를 위해 집중해야 하니 잠시만 조용히 해."

정진은 울고 있는 동생을 다독이며 얼른 치유 마법을 시전하였다.

"트리트먼트."

조금 전 상처를 살필 때와는 다르게 상당히 많은 마나가 정진의 팔을 따라 완드로 스며들었다.

그러더니 헤드에 장착된 마정석에서 증폭되어 아버지의 상처 부위로 다시 흘러 들어갔다.

푸른빛을 발하는 마나가 흉터로 스며들자 수현은 간지럽다는 느낌을 받았다.

그것도 잠시.

이내 불로 지지는 듯한 고통이 강하게 전해졌다.

하지만 수현은 이를 악물고 참았다.

이 모든 것이 자신을 치료하려는 정진의 노력임을 잘 알기에 어떻게든 견뎠다.

그러길 얼마나 지났을까.

고통이 사라지고, 열기도 가라앉았다.

냉수마찰을 받는 것처럼 시원한 느낌이 그 자리를 채우며, 이내 온몸으로 상쾌한 기운이 퍼져 나갔다.

"음……."

너무나 청량한 느낌에 수현은 자신도 모르게 작게 신음을 흘렸다.

"아빠, 아파요?"

"아, 아니다. 너무도 시원해 나도 모르게 나온 소리다."

수현은 정은을 안심시키며 상처에서 느껴지는 감각에 정신을 집중했다.

그렇게 시간이 흐르고 시원한 느낌마저 서서히 사라졌을 때, 수현이 자리에서 일어나 앉았다.

"어? 아버지, 혼자 움직이실 수 있어요?"

정수가 눈을 크게 뜨며 물었다.

"그… 그렇구나. 내가… 혼자서 이렇게……."

수현은 누군가의 도움을 받아야만 몸을 움직일 수 있던 자신이 혼자 일어나 앉은 것에 놀랐다.

그러고는 스스로도 믿기지 않는 듯 이리저리 몸을 움직여 보았다.

"아직 치료가 완전히 끝난 것은 아니에요. 몇 번 더 이렇게 치료를 한다면 머지않아 완전히 정상으로 돌아오실 수 있을 것이에요."

정진은 아직 그를 완벽하게 치료하지 못했다는 것이 마음에 걸렸다.

하지만 수현은 감격스러운 표정으로 자신의 몸을 내려다보고 있고, 그정은과 정수의 눈에서는 기쁨의 눈물이 차올랐다.

"아니다. 조금 결리긴 하지만, 이렇게 혼자 움직일 수 있는 것만 해도 정말 고맙구나."

"아들에게 무슨 고맙다는 말씀을 하세요. 당연한 건데요."

정진은 수현의 치하에 얼른 손을 내저었다.

그는 오히려 자신의 능력이 충분하지 못해 한 번에 치료를 할 수 없는 것이 너무도 죄송했다.

앞으로 두 번 정도 더 치료하면 정상으로 돌아오겠지만, 그 두 번의 치료 과정에서 또다시 고통을 느끼게 될 것이 분명한 탓이었다.

너무도 오래된 상처라 근육과 뼈들이 뒤틀린 채로 굳어버렸다.

만약 정진이 7클래스만 되었어도 한 번에 이 모든 것을 바로잡을 수 있었겠지만, 상급 완드의 도움을 받고도 아버지의 상처를 단번에 치유할 수는 없었다.

수현이 치유 과정에서 고통을 느낀 것도 다 그 때문이었다.

뒤틀린 근섬유들이 일부만 뜯겨 다시 결합되었기 때문에 겪는 현상이었다.

정진은 그와 같은 고통을 아버지가 몇 번 더 겪어야 한다는 사실이 못내 안타까웠다.

날이 밝았다.

정진이 집으로 돌아온 지 이틀째 되는 날.

정진의 집은 다른 때와 다르게 아침부터 무척이나 부산하고 활기가 넘쳤다.

"아버지, 저 좀 나갔다 올게요."

"알았다. 조심해서 다녀오거라."

아직은 몸이 불편한 수현이 문 앞까지 나와 정진을 배웅했다.

"예. 들어가세요, 아버지."

헌터 협회를 향해 발걸음을 옮기는 정진의 표정은 그 어느 때보다 밝았다.

그동안 짊어져 온 마음의 짐을 조금은 내려놓은 것 같았다.

조금 시일이 걸리기는 하겠지만, 조만간 아버지의 상처도 모두 나을 것이다.

그렇게 되면 자신은 기울어진 가세를 일으켜 세우기만 하면 된다.

사실 그 부분 또한 그리 걱정은 없었다.

자신에게는 다른 사람들이 가지지 못한, 마법이란 힘이 있으니.

뉴 어스에서 몬스터를 사냥하여 마정석과 가죽, 그리고 부산물들을 가공해 판매하면 얼마 지나지 않아 예전보다 훨씬 더 가세가 좋아질 것이다.

어젯밤, 마법을 익혔다는 이야기에 호기심과 부러움이 섞인 반응을 보고, 동생들에게도 어떻게든 도움을 주고 싶었다.

아직 어떤 도움을 줄 것인지는 정하지 못했지만, 막내 동생인 정수는 예전부터 헌터가 되고 싶다고 노래를 불러 댔기에 그것만큼은 확실히 들어줄 수 있을 것 같았다.

헌터가 되기 위해서는 돈이 많이 들겠지만, 그런 것은 지금의 정진에겐 아무런 문제가 되지 않았다.

현재 값비싸게 팔리는 헌터 장비들도 마음만 먹으면 정진이 직접 만들어줄 수 있었다.

그게 아니면 부자들이 원하는 아티팩트를 만들어 판매해도 헌터로 키워낼 자금을 마련하는 데에는 충분할 것이다.

정진이 이런저런 생각을 하고 있는 사이, 어느새 헌터 협회가 가까워졌다.

이른 아침임에도 헌터 협회에는 많은 사람들이 바쁘게 업무를 보고 있었다.

정진은 이곳에서 이정진과 만날 예정이었다.

협회에서 자신들이 뉴 어스에서 낙오된 후, 어떻게 뉴 서울로 복귀했는지 조사를 할 것이라 통보했기에 함께 만나 그에 대해 이야기를 나누려는 것이었다.

물론 협회에선 두 사람을 따로 불러 조사할 테지만, 일단 두 사람은 타라칸에 대한 사실은 숨기기로 입을 맞췄다.

사실 정진은 뉴 서울로 들어갈 때 타라칸을 데리고 가려 했다.

타라칸의 변신 능력을 사용하면 충분히 다른 사람의 의심을 받지 않을 거라는 생각에서였다.

하지만 뉴 서울에 도착하기 직전에 이정진이 만류하여 그 방법은 포기하게 되었다.

이정진은 협회에서 자신들의 귀환에 대하여 의문을 가질 것이라 생각했고, 그렇게 되면 아무리 타라칸을 작게 만들어 데리고 들어간다 해도 조사하려 들 것이라 예상했다.

그렇게 되면 타라칸은 몬스터임이 드러날 것이고, 협회 차원에서 귀속시키려 할 것이 분명했다.

이정진은 이러한 점을 정진에게 설명하였다.

인간에게 조련된 몬스터라면 정부나 헌터 협회, 또는 유사 연구 기관에서 그냥 보고 있지 않을 것이 분명했다.

결국 정진도 고개를 끄덕일 수밖에 없었다.

자신이 생각해 봐도 그 말이 옳았다.

만약 타라칸이 자신의 지배를 받고 있다는 사실을 그들이 알게 된다면, 자신 또한 그 방법을 추궁 받으며 신병이 구속당할 수도 있었다.

그래서 정진은 일단 타라칸을 뉴 어스의 정글에 풀어두었다.

안전지대인 뉴 서울 인근까지 함께 온 뒤, 타라칸을 원래 있던 영역으로 돌려보낸 것이다.

다른 헌터들을 조심하란 당부도 잊지 않았다.

챔피언급에 오른 타라칸이니 헌터와 마주친다 해도 위험해질 일은 없겠지만, 그래도 혹시 모를 일이니 주의를 준 것이다.

사실 챔피언급 몬스터에 대한 인식이 제대로 서 있다면 그러한 일말의 걱정도 하지 않았을 것이다.

하지만 제라드에게서 몬스터 분류에 대해 이론상으로 배운 것이 전부였기에 아직까지 정확한 감을 잡지 못했다.

마도제국 아케인의 몬스터 분류법은 로우그레드, 노멀, 하이그레드, 레어, 슈페리어, 챔피언, 그리고 로드까지 일곱 등급으로 나뉘었다.

통상적으로는 하이그레드 이하를 뭉뚱그려 노멀이라고 통칭해 여섯 개의 등급으로 구분하기도 했다.

당시 아케인 마도사들의 힘이 워낙 강력했기 때문에 사실상 레어 등급 이하의 몬스터는 전혀 위협이 되지 않아 세세하게 구분할 필요성을 느끼지 못했기 때문이다.

마법을 익히지 않은 일반인들도 마도 병기만 있으면 충분히 그들을 상대할 수 있었다.

반면, 슈페리어 급 이상의 몬스터는 마도사들도 쉽게 생각할 수만은 없었다.

종에 따라서 특수한 능력을 가진 것들도 있었기 때문이다.

그 좋은 예가 바로 정진이 상대한 블러드 고블린이다.

블러드 고블린은 머리가 뛰어날 뿐 아니라, 독을 조합하는 능력이 있어 마도사라 해도 기습을 당한다면 손도 쓰지 못하고 죽기 십상이었다.

그렇기에 제라드는 정진에게 마법을 사용할 때에는 항상 주의를 기울여야 한다고 여러 번 가르쳤다.

하지만 실제로 몬스터를 상대해 본 경험이 거의 없다시피 한 정진은 마법의 강력함만을 믿고 몬스터에 대한 두려움이나 경계에 소홀한 상태였다.

더욱이 콜 라이트닝 마법 한 방으로 다섯 마리의 블러드 고블린를 해치웠기에 그 자신감은 최고조에 올라 있었다.

Chapter 2
조사

40평쯤 되는 커다란 방.

그곳에는 커다란 테이블과 의자가 나란히 놓여 있었다.

검정색 양복을 입은 날카로운 인상의 다섯 사내가 테이블 맞은편에 앉아 있는 정진을 노려보았다.

이들은 대한민국 헌터 협회 임원들과 정부에서 파견된 조사관, 그리고 국정원 소속의 헌터 관리부 직원이었다.

정부는 내무부 산하에 대몬스터 방재청을 두고 몬스터와 관련된 사안을 관리하는 한편, 국정원에도 헌터 관리부를 두고 국내 헌터들의 동향과 헌터 클랜들의 비리를 감시하고 있었다.

한데 그런 이들이 이렇게 한자리에 모인 것은 매우 이례적인 일이었다.

그것도 일개 짐꾼이었던 정진을 조사하기 위해서였기에 더욱 놀라운 일이 아닐 수 없었다.

하지만 알고 보면 당연한 일이기도 했다.

정진이 뉴 어스의 인간과 조우했다는 사실이 알려졌기 때문이다.

정진은 어제 헌터 협회에 복귀 신고를 하면서 그러한 내용을 알렸다.

단순히 이계인과 조우하였을 뿐만 아니라 그들로부터 상상 속에나 나올 법한 마법이란 것을 배운 사실 또한 숨기지 않고 말했다.

본대에서 홀로 떨어진 자신이 어떻게 정글을 빠져나올 수 있었는지 설명하기 위해서는 어느 정도 사실을 밝힐 수밖에 없던 것이다.

만약 그런 이유가 아니었다면 굳이 자신만의 특별한 무기인 마법의 존재를 협회에 알리지는 않았을 것이다.

하지만 이정진의 조언이 있었기에 모든 것을 알리지는 않더라도 어느 정도는 밝혔다.

그래야 나중에 운신의 폭이 넓어진다는 이정진의 말에 어느 정도 수긍이 갔기 때문이다.

정진의 이야기가 알려지자 협회 측에서는 난리가 났다.

뉴 어스는 밝혀진 것보다 밝혀지지 않은 부분이 더 많은 곳이다.

그런데 뉴 어스에도 인류의 흔적이 확인되고, 심지어 마법을 이용한 문명이 존재했음이 알려진 것이다.

게이트 발생을 통한 몬스터의 침공을 막아내고, 이후 인류가 뉴 어스로 진출하는 동안 알게 된 사실 중에 가장 충격적인 소식이었다.

그 사실이 알려지자마자 정부뿐 아니라 헌터 협회와 많은 관련 부서에서는 진상을 파악하기 위해 나섰다.

지금 이 자리에 다섯 사람이 모인 이유인 것이다.

"정정진 씨."

"네."

"어제 헌터 협회 뉴 서울 지부에 복귀 신고를 하셨지요?"

"예, 그렇습니다. 정확하게 44일 전에 한 달간 단기 계약으로 흰머리산 던전 탐사대에 합류하였다가 이제야 복귀하게 되었습니다."

정진은 헌터 협회 간부의 질문에 차분하게 답변하였다.

"그런데 여기, 던전 탐사 도중 낙오되었다고 되어 있는데… 정확히 어떻게 된 일입니까?"

협회 간부의 옆자리에 있던 정부 측 조사관이 질문하였다.

"흰머리산 던전을 탐사하면서 많은 유물을 발견했습니다. 그중에는 아티팩트도 있고, 학술적으로 중요한 물건들도 다수 있었습니다. 그런데 던전 지하에서 이계인들이 사용했을 것이라 여겨지는 대몬스터 병기를 발견했고, 그다음 날 탐사대 연구원 중 한 명과 함께 미개척지 탐사에 나섰습니다. 그곳에서 뭔가 알 수 없는 이끌림에 한참을 걸어가게 되었고, 정신이 들었을 때는 이미 길을 잃은 후였습니다. 그러고는 한참을 지하에서 헤매다 정신을 잃었습니다. 정신을 차려보니 어떤 방에 누워 있었고, 그곳에서 절 구해준 스승님들을 만났습니다."

한참을 정신없이 설명하던 정진은 앞에 앉아 있는 사람들을 한 명씩 똑바로 바라보았다. 내용을 조금 줄이기는 했지만 거짓을 말한 것은 하나도 없으니, 아무리 고압적인 태도로 자신을 쏘아본다 한들 주눅들 이유가 없었다.

"말씀대로라면 이계인들에게 마법을 배웠다고 하셨는데, 그게 실제로 가능한 일입니까? 채 한 달도 되지 않은 기간에 마법을 배워 몬스터가 우글거리는 뉴 어스의 정글을 무사히 빠져나왔다는 소리인데요, 마법이 그렇게 쉽게 배울 수 있는 것입니까? 그것도 몬스터들을 상대할 정도의 수준으로?"

정부 조사관은 마치 범죄자를 취조하는 형사마냥 정진을 윽박질렀다.

상대의 강압적인 태도에 정진은 굳은 표정으로 되물었다.

"도대체 제게 묻고자 하는 것이 무엇입니까? 제가 무슨 잘못한 일이라도 저질렀습니까?"

정진이 예상외로 강하게 나오자 조사관은 얼굴을 붉혔다.

자신 정도의 지위와 나이면 정진 같은 어린 일꾼은 당연히 고개를 숙일 것이라 생각했던 것이다.

탁!

"말조심해!"

조사관은 탁자를 내려치며 분위기를 험악하게 몰아갔다.

정진을 겁먹게 하여 최대한 많은 것을 알아내려는 수작이었다.

사전에 이렇게 분위기를 잡아 정진에게서 정보를 빼내자는 합의가 있었기에 옆에 앉은 헌터 협회 간부나 국정원 직원도 아무런 말없이 상황을 주시하고만 있었다.

정진 또한 이들이 이런 식으로 나오리란 것을 이미 짐작하고 있었다.

진술을 하러 들어오기 전에 이정진이 미러 언질을 준 것이다.

조사가 끝나고 나면 정진은 헌터로 등록하여 다시 뉴 어스에 가서 몬스터 사냥을 할 계획이었다.

이정진도 그때 정진과 함께 움직이기로 약속을 했다.

정진에게 강력한 가디언이 붙어 있음을 알고 있는 이정진은 굳이 위험을 무릅쓰며 지금처럼 헌터 클랜을 감시할 필요성을 느끼지 못했다.

이번에는 정말로 목숨을 잃을 뻔했다.

때맞춰 정진이 나타나지 않았다면 자신은 이미 몬스터의 한 끼 양식이 되었을 것이란 사실을 잘 알기에 그는 이참에 정진과 함께하며 도움을 주기로 결정했다.

보다 안전하게 돈을 벌기 위해 헌터 클랜을 감시하는 정부 의뢰를 맡은 것인데, 위험한 상황을 겪고 나니 몬스터 사냥을 하는 것이 더 낫다는 생각이 든 것이다.

이정진은 정진에게 부족한 경험과 지식을 보충해 줄 수 있기에 두 사람의 협력 관계는 바로 이루어졌다.

지금도 이정진이 미리 조언해 준 덕분에 정진은 윽박지르는 사람들 속에서 차분하게 대응할 수 있었다.

만약 아무런 준비도 없이 진술에 임했다면 정진은 많이 당황했을 것이다.

물론 제라드와 젝토르에게 가르침을 받으면서 사고가 깊어진 것 또한 이들의 압박에서 여유를 찾는 데에 도움을 주었다.

그러한 정진의 심리 상태를 모르는 다섯 명의 조사관은 계속해서 험악한 분위기를 조성하며 압박하려 들었다.

협조를 구해도 모자랄 판에 어떻게든 강압적으로 분위기를 몰아가서 정보를 알아내려 애를 쓰고 있는 것이었다.

"더는 대답할 필요가 없을 것 같네요."

단호한 정진의 태도에 협회 간부는 인상을 찡그렸다.

보통 이 정도면 고개를 숙이고 모든 것을 술술 불어야 하는데, 너무도 완강한 정진의 태도에 더 할 말을 없는 탓이었다.

그 순간, 국정원 직원이 나직한 음성으로 입을 열었다.

"자꾸 그렇게 비협조적으로 나오면 불이익을 당할 수 있습니다."

정진은 미간을 살짝 찌푸렸다.

"지금 절 협박하는 겁니까? 뭐, 그렇게 하고 싶음 마음

대로 하세요. 정 안 되겠다 싶으면 다른 나라로 이민을 가면 되니."

더는 대화가 이어질 것 같지 않기에 정진은 대수롭지 않다는 듯 말했다.

어차피 정진에게 아쉬울 것은 없었다.

예전에야 아버지의 치료와 가족들을 먹여 살려야 한다는 의무 때문에 악착같이 돈을 벌어야 했지만, 이젠 그럴 필요가 없었다.

몇 번만 더 치료하면 아버지는 완쾌될 것이고, 동생들도 충분히 먹여 살릴 자신이 있었다.

만약 미국이나 다른 국가에서 자신이 마법을 익혔다는 사실을 알게 된다면, 적어도 지금보다는 나은 대우를 받을 것이라 자신했다.

현재 지구에서 자신을 제외하고 마법에 대해 알고 있는 사람은 아무도 없었다.

그 말인즉, 자신이 말을 하지 않으면 마법에 대해 아무것도 알아낼 수 없다는 의미였다.

더욱이 5클래스에 오른 자신이 굳이 지금 같은 대우를 참을 필요도 없었다.

만약 이들이 지금보다 한발 더 나아가 자신을 겁박하려

든다면, 그땐 결코 좌시하지 않을 것이라 속으로 다짐했다.

만에 하나 무력 충돌이 벌어진다 해도 웬만하면 자신의 마법으로 막아낼 자신이 있었다.

비록 아직은 경지에 이르지 못해 모든 것을 다 막아낼 수는 없겠지만, 굳이 정면 대결을 하지 않고 상황에 따라 적당히 피해가며 상대한다면 충분히 이겨낼 수 있을 것이라 생각했다.

더욱이 자신에게는 강력한 가디언까지 있었다.

그런 자신감이 있기에 정진은 눈앞에서 자신을 윽박지르는 이들의 모습이 가소롭게 느껴졌다.

한편, 또 다른 헌터 협회의 간부인 이기동은 살짝 미간을 찌푸렸다.

뉴 어스에서 생환한 사람의 경험담을 듣기 위해 만든 자리인데, 마치 범죄자를 취조하는 것 같은 분위기에 그는 진절머리가 났다.

뿐만 아니라 어린 나이임에도 불구하고 정부나 헌터 협회와 각을 세우는 것도 두려워하지 않는 정진의 모습에 자신들이 생각하지 못하는 뭔가가 있음을 느꼈다.

이기동은 정진의 뒤에 누군가 배후가 있을 것이란 생각이 들었다.

그것이 진술 내용에 등장했던 이계인 스승인지, 아니면
또 다른 누구인지는 모르겠지만, 나이에 비해 정진은 너무
도 노련하였다.

 거기까지 생각이 미치자 다른 조사관들의 태도가 한없이
답답하게 느껴졌다.

 전근대적인 관료주의에서 헤어 나오지 못한 채 사람을 닦
달하는 이들의 행태가 정말이지 마음에 들지 않았지만, 현
재로서는 그도 어쩔 수 없었다.

 윗선에서 마법에 관해 어떻게든 알아내라는 명령을 내렸
기 때문이다.

 불과 한 달도 되지 않는 기간에 뉴 어스의 정글에서 홀로
생환할 수 있는 능력을 갖추게 해주었다는 것이 사실이라
면, 마법은 무척이나 매력적인 힘이었다.

 마법의 존재가 세상에 알려진다면, 사람들은 처음 게이트
가 나타났을 때와 버금가는 충격에 휩싸일 것이 분명했다.

 그리고 마법을 손에 넣기 위한 쟁탈전이 벌어질 것이 불
보듯 빤했다.

 그런 이유로 지금 정부와 헌터 협회 상부에서는 어떻게든
마법에 대해 알아내려고 혈안이 되어 있었다.

 물론 이정진은 그러한 흐름을 파악하고 정진에게 주의를

주었다.

힘을 살짝 내보이되, 너무 많은 것을 보이지는 말라는 것이었다.

단둘이서 캠프로 복귀하였으니, 사람들의 관심이 쏠릴 것은 당연했다.

그러한 상황에서 아무런 능력도 보여주지 않는다면, 계속해서 두 사람을 의심하고 주시하면서 귀찮게 할 것이다.

그러니 차라리 적당히 능력을 보여주고 거래를 하여 이득을 보는 쪽으로 계획을 세웠다.

그런데 두 사람이 너무 순진하게 생각한 것인지, 아니면 이들의 욕심이 과한 것인지 대화는 평행선을 달렸다.

협상이라는 선택지는 전혀 생각지도 않는 듯 막무가내로 윽박지르기만 할 뿐이다.

그런 이유에 정진 역시 강경한 태도를 취하고 있는 중이었다.

정진은 비록 이정진처럼 경험이 많진 않지만, 그렇다고 순진한 것도 아니었다.

어린 나이에 가족들의 생계를 책임지기 위해 범죄와 관련된 일 빼고 안 해본 것 없이 많은 일들을 해왔다.

그 과정에서 더럽고 부당한 대우는 물론이고, 억울한 일도 수없이 겪었다.

그러나 이제는 달라졌다.

자신이 가진 힘에 대해 확신을 가지고 있는 정진은 절대로 그들이 바라는 대로 끌려갈 생각이 조금도 없었다.

조사관들의 우습지도 않은 협박이 오히려 정진으로 하여금 적대감을 갖도록 만든 것이다.

"난 더 할 말 없으니 조사는 이만 끝내죠."

정진의 단호한 태도에 조사관들은 눈에 띄게 당황했다.

사실 이들로서는 정진을 강제할 수단이 없었다.

그래서 일부러 강압적인 분위기를 조성해 길을 들이려던 것인데, 정진이 전혀 신경 쓰지 않는 태도를 보이니 어찌할 도리가 없는 것이었다.

이미 정진이 서면으로 진술한 것 말고는 아무것도 알아낸 정보가 없기에 이대로 조사가 끝나면 더는 할 수 있는 일이 없었다.

그 순간, 그들의 머릿속으로 상관의 얼굴이 스쳐 갔다.

'안 돼!'

만약 이대로 아무런 성과 없이 돌아갔다가는 어떤 문책을 당할지 모를 일이었다.

가뜩이나 분위기가 심상치 않게 돌아가는 요즘 상황에서

꼬투리를 잡혔다가는 그날로 승진은 끝난 것이나 다름없었다.

"자, 잠시만 기다려 주십시오!"

처음부터 기세 좋게 큰소리를 치던 헌터 협회 간부 차지철이 다급하게 정진을 불러 세웠다.

"호, 혹시… 아티팩트를 숨기고 있는 것은 아닙니까?"

차지철은 어떻게든 정진을 붙잡으려 궁리를 하다 급한 대로 아티팩트에 대하여 걸고 넘어졌다.

아티팩트를 비롯한 뉴 어스의 물품들에 대한 사항은 정부 차원에서 관리하고 있는 사항이니, 혹시나 얽어볼 수 있지 않을까 싶은 것이었다.

"물론 아티팩트는 가지고 있습니다. 분명 어제 작성한 서류에 다 적었는데, 안 보신 겁니까?"

정진은 웬 헛소리를 늘어놓고 있느냐는 태도를 보였다.

누가 봐도 말도 안 되는 말로 자신을 붙잡아두고 있는 것이 느껴졌다.

"그리고 그건 스승님의 도움을 받아 내가 직접 만든 것이니, 괜한 억지 부릴 생각 따위 하지 마십시오. 비록 헌터는 아니지만 헌터 관리법에 대한 사항은 잘 알고 있으니, 계속해서 억지를 부린다면 정식으로 법원에 고소장을 접수할 것입니다.”

정진은 자꾸만 자신을 짜증나게 만드는 차지철을 보며 경고했다.

차지철은 순간 할 말을 잃었다.

마냥 어리게만 보고 조금 세게 나가면 모든 것을 술술 불 것이라 생각해 강압적인 분위기를 만들었는데, 상대의 반발만 사 오히려 자신이 궁지에 몰리고 말았다.

이대로 상황이 끝난다면 자신의 앞날은 파멸밖에 남지 않을 것이다.

“그럼 마법이란 것을 지금 시현해 보시오.”

차지철이 당황해하고 있을 때, 국정원 직원이 얼른 끼어들며 말했다.

“그, 그래, 정말 마법이란 것을 익혔다면 직접 확인시켜 주십시오.”

차지철도 그의 말에 찬동하고 나섰다. 마지막 지푸라기라도 잡는 심정이었다.

정진은 돌아가면서 엉뚱한 말을 하고 있는 이들의 모습에 짜증이 났다.

그렇지만 앞으로의 헌터 생활을 위해서 어느 정도는 이들에게 맞춰줘야 한다는 이정진의 말을 떠올리며 크게 한숨을 쉬었다.

"휴, 알겠습니다. 정말 마지막입니다. 계속해서 그런 태도로 일관한다면 더 이상 대화는 없습니다."

대답을 마친 정진은 생각에 잠겼다.

이왕 마법을 보여주어야 한다면, 아직도 권위 의식에서 벗어나지 못한 이들에게 경고의 의미도 될 수 있게끔 위력적인 마법을 선보이는 게 좋을 듯했다.

'그래, 그게 있었지.'

정진은 자신의 기량을 다 보여주지는 않으면서도 충분한 위협이 될 만한 마법을 생각해 냈다.

바로 파이어 필드 마법이었다.

파이어 필드는 분류상으로는 4클래스에 속하지만, 실질적으로 위력을 내기 위해서는 5클래스 정도 되어야 활용 가능한 마법이다.

하지만 이들을 위험에 빠지게 할 수는 없는 노릇이니, 정진은 일루전에 파이어를 살짝 가미해 파이어 필드처럼 보이도록 할 생각이었다.

"파이어 필드!"

정진이 스펠을 외치자 회의실 바닥에서 불꽃이 피어올랐다.

회의실은 순식간에 불의 대지로 변했다.

바닥에서 불꽃이 넘실거리는 모습에 조사관들은 저마다 책상 위로 뛰어올랐다.

"으악!"

우당탕!

"이게 뭐하는 짓이야!"

갑자기 발밑에서 불꽃이 피어오르자 조사관들은 한바탕 아우성치며 소란을 벌였다.

정진의 발밑에서도 불길이 타올랐지만, 정진에게는 아무런 피해도 주지 않았다.

마법으로 만들어진 불이기 때문이다.

당연히 시전자를 해치지 않는 것이다.

하지만 조사관들은 실제로 불꽃의 열기를 느끼고 있었다.

그들로서는 화가 난 정진이 정신 줄을 놓은 것이라 생각할 수밖에 없었다.

"이봐! 그만하라고! 아무리 화가 난다 하더라도 이건 아니야!"

이기동은 정진을 진정시키기 위해 애를 썼다.

"캔슬."

이만하면 충분하다고 여긴 정진은 작은 목소리로 마법을 중단시켰다.

　낮지만 힘 있는 그 단어는 책상 위에 올라가 있는 조사관들에게는 구원의 소리로 들렸다.

　넘실대던 불꽃들은 언제 그랬냐는 듯 흔적도 없이 소멸되었다.

　조사관들은 순식간에 일어난 광경에 모두 넋이 나간 표정이었다.

　자신들이 꿈을 꾼 것은 아닌가 하는 얼굴들이었다.

　하지만 그것이 꿈이 아니었다는 것을 증명이라도 하듯, 책상 다리는 칠이 벗겨져 있어 불에 달궈졌던 흔적을 여실히 보여주었다.

　물론 제대로 된 파이어 필드가 펼쳐졌다면 중간에 취소한다 해도 그 정도 피해로 끝나지는 않았을 테지만, 조사관들로서는 파이어 정도의 불꽃도 기겁할 일이었다.

　동시에 이런 마법이라면 수풀이 우거진 뉴 어스의 숲에선 절대적인 위력을 보여주었을 것이란 생각이 들었다.

　'이런 능력이 있으니 몬스터들 소굴에서도 살아 돌아올 수 있었군.'

　조사관들은 더 이상 정진의 능력을 의심할 수 없었다.

아니, 괜히 더 자극을 했다가는 정말로 자신들을 산 채로 구워버릴지도 모른다는 생각이 들었다.

차지철은 얼른 정진을 내보냈다.

"잘 봤습니다. 그만 돌아가도 됩니다."

"수고하십시오."

정진은 조사관들을 지그시 바라보고는 밖으로 나섰다.

한 번만 더 건들면 가만있지 않겠다는 무언의 압력이었다.

정진이 나간 후, 방에 남은 조사관들은 한동안 말을 꺼내지 못했다.

친분을 쌓아도 모자랄 판에 척을 지고 말았다.

앞으로 정진이 헌터가 되어 몇 번 더 마주칠 기회가 있을지 모르겠지만, 적어도 웃으며 이야기를 나누지는 못할 것만큼은 분명했다.

큰 실수를 하고 말았다는 후회가 밀려왔다.

물론 그것은 교만했던 자신들의 태도를 반성하는 것과는 거리가 있었다.

그저 상관에게 아무것도 얻지 못했음을 보고해야 한다는 현실이 괴로운 탓이었다.

'제길, 괜히 저자의 말을 들어서는······.'

'말만 번지르르 해서는 알아낸 것도 없고… 어쩌지.'

조사관들은 가장 먼저 나서서 공포 분위기를 조성하자고 제안한 차지철을 향해 눈을 부라렸다.

차지철은 말없이 고개를 숙이고만 있었다.

그로서는 입이 있어도 뭐라 할 말이 없었다.

괜한 변명을 해봤자 더 큰 반발만을 부를 게 뻔한 탓이었다.

지금은 그저 납작 엎드려 죽은 척을 해야 할 때였다.

그러면서 속으로는 자신을 이렇게 궁지에 몰리도록 만든 정진을 가만두지 않겠다고 다짐했다.

'제길, 어린놈이… 내가 가만두나 보자.'

여전히 자신의 잘못을 깨닫지 못한 채 정진을 탓하는 차지철이었다.

서울 관악구 신림동.

이곳은 두 가지로 유명했다.

뉴 어스와 이어진 몬스터 게이트, 그리고 헌터들을 등록시키고 관리하는 헌터 협회가 바로 그것이었다.

헌터 협회에는 하루에도 수백 명이 들르곤 했다.

헌터로서 등록을 하거나, 부상이나 사망 처리에 관한 업무로 항상 분주하게 돌아가는 헌터 협회.

그런데 오늘은 그 정도가 더욱 심했다.

이는 어제 오후, 뉴 서울 지부에서 날아온 서류 한 장 때문이었다.

던전 탐사 도중 낙오된 이가 무사히 생환했다는 내용.

그것도 몬스터가 우글거리는 영원의 숲에서 생환을 한 것이었다.

그 때문에 헌터 협회는 물론이고, 정부의 헌터 관리부와 국정원에서까지 나서서 이를 조사하느라 한바탕 난리가 벌어졌다는 소문이 삽시간에 사람들에게 퍼져 나갔다.

헌터 협회 빌딩 7층, 협회장실.

헌터 협회 회장 전기수는 오늘 처리할 서류의 검토를 마치고 비서를 불렀다.

똑똑.

"들어와."

"부르셨습니까?"

"그래. 여기 이건 각 클랜에 보낼 공문이니 정리해서 보내고, 그건 어떻게 됐나?"

전기수는 앞뒤 말을 자른 채 다짜고짜 질문을 던졌다.

하지만 서류들을 갈무리하던 김형민 비서실장은 전기수의 의도를 알아채고 바로 대답했다.

"지금쯤이면 조사가 끝났을 것입니다."

"그래? 협회에선 누가 나가 있나?"

전기수는 자세를 고쳐 앉으며 다시 물었다. 그에게도 이번 일은 꽤나 관심이 갈 수밖에 없는 일이었다.

"이기동 부장과 차지철 부장입니다."

"뭐?"

김형민 비서실장은 담담하게 대답했다. 이미 전기수가 질문할 것을 알고 있었기에 망설임이 없었다.

하지만 전기수의 반응은 전혀 예상을 벗어난 것이었다.

난데없이 버럭 화를 냈기에.

"누가 차지철을 조사관으로 선정한 것인가?"

불편한 심기가 느껴지자 김형민은 표정을 굳히며 대답했다.

"차현수 부회장이 그를 조사관으로 지목하였습니다."

전기수는 차현수 부회장의 이름이 나오자 조금 전보다 더욱 얼굴이 구겨졌다.

"그 돼지 같은 자식이 협회를 말아먹으려고 작정을 했나! 그게 얼마나 중요한 일인데, 차지철 따위를 조사관으로 보내!"

"어쩔 수 없었습니다. 저희와 부회장 쪽에서 한 명씩 보내기로 하셨지 않습니까."

불같이 화를 내는 전기수에게 김형민은 차분하게 설명했다.

어제 오후, 관련 전문이 날아오자마자 헌터 협회의 전 간부들이 모여 긴급회의를 열었다.

낙오자의 생환은 커다란 이슈였고, 대한민국 헌터 협회는 그들에게서 최대한 많은 정보를 알아내기 위해 고심을 거듭했다.

하지만 회의가 이어질수록 더욱 혼란스러워져만 갔다.

파벌 간의 밥그릇 싸움으로 번지고 만 것이다.

어느 단체나 주류와 비주류가 있듯 헌터 협회도 마찬가지였다.

그리고 주류 측 가운데에서도 또 회장파와 부회장파로 나뉘어 첨예한 대립을 벌이고 있었다.

그들은 더 많은 이익을 차지하기 위해 대립각을 세우다 결국 각각 한 명씩 조사관을 내기로 하였다.

하지만 전기수는 설마 부회장 쪽에서 능력도 되지 않는 차지철을 조사관으로 내보낼 줄은 몰랐다.

차지철은 부회장인 차현수의 조카였다.

눈에 띄는 실적도 없는 차지철이 헌터 협회에서 부장이란 자리에 앉을 수 있던 것도 모두가 큰아버지인 차현수의 입김 때문이었다.

만약 차지철에게 그런 배경이 없었다면, 진즉 협회에서 퇴출되었을 것이다.

게이트가 발생하고 몬스터가 출몰하면서 사회는 많은 변화를 겪었지만, 그래도 배경과 연줄로 인한 인맥 구조는 여전히 만연했다.

헌터가 몬스터 사냥을 통해 많은 돈을 벌어들이지만, 그 속에서도 연줄이 있는 사람과 없는 사람은 차이가 심했다.

배경이 탄탄한 사람은 보다 큰 헌터 클랜에 들어가거나 강한 사냥 팀에 들어가 편하게 사냥을 하고 많은 돈을 벌었다.

하지만 아무런 배경도 없는 헌터들은 비교적 소수의 사냥 팀에서 고생하는 경우가 대부분이고, 일부 운이 좋은 사람들만 헌터 클랜에 들어갈 수 있었다.

물론 헌터 클랜에 들어갔다고 해서 그들의 삶이 나아지는 것은 아니었다.

그들이 클랜에서 맡는 일은 몬스터 몰이에 동원되거나 최전방에서의 몸빵, 즉 몬스터의 공격을 몸으로 방어하는 역할이었다.

그렇게 힘들고 위험하게 사냥에 성공해도 많은 돈을 받지는 못했다.

어느 정도 경력이 쌓여야 제대로 돈벌이를 할 수 있었다.

차지철은 차현수 부회장 덕분에 협회 간부가 되어 힘들이지 않고 돈과 명예를 함께 가지게 되었다.

그러다 보니 성격은 안하무인일 수밖에 없었다.

협회 회장인 전기수로서는 안 좋게 보는 게 당연한 일이었다.

설사 실력이 있다 하더라도 부회장 라인에 속해 있다는 것만으로 경계의 대상이 될 것이다.

그런데 하물며 능력도 없는 빈 깡통이란 게 잘 알려진 사실이 아닌가.

무능력한 인간을 결코 두고 보지 않는 전기수로서는 기회만 닿으면 차지철을 협회에서 잘라 버리기 위해 벼르고 있었다.

"휴, 일단 조사 끝났다는 보고가 들어오면 바로 올라오라고 하게."

"알겠습니다."

김형인 실장은 바로 대답하고 밖으로 나갔다.

"제길, 그 자식은 정말 무슨 생각으로 그런 놈을 조사관으로 내보낸 거지?"

전기수는 아무리 생각해도 이해할 수가 없었다.

협회 단독으로 조사를 하는 것도 아니고 정부 조사관과 함께하는 자리인데, 참으로 어처구니가 없는 결정이라는 생각이 들었다.

† † †

헌터 협회 7층, 부회장실.

이곳에서도 차지철 부장에 관한 이야기가 오가고 있었다.

하지만 그 내용은 사뭇 달랐다.

"그놈이 잘하고 있을까?"

"부회장님께서 어제 단단히 주의를 주셨으니, 차 부장도 실수하지 않고 잘할 것입니다."

"모르는 소리 하지 말게. 아무리 내 조카라지만, 어디서 그런 놈이 튀어 나왔는지 알 수가 없어."

차현수 부회장은 자신의 오른팔인 마준수 전무와 대화를 나누며 초조한 기색을 감추지 못했다.

그가 생각하기에도 차지철이라는 인간은 정말이지 인간 쓰레기였다.

만약 친조카만 아니었다면 진즉 쫓아냈을 것이다.

안 그래도 권력의 주도권을 쥐기 위해 암투를 벌이고 있는 현재 상황에서 차지철은 그에게 아킬레스건과 같은, 치명적인 약점이었다.

실제로도 차지철 때문에 놓친 건수가 한두 가지가 아니었다.

전기수 회장을 압박할 수 있는 결정적인 순간에 차지철의 실수로 오히려 궁지에 몰린 적이 한두 번이 아니었다.

"그래도 이번 일은 그저 생환자에게 진술만 들으면 되는 일인데, 설마 실수를 하겠습니까?"

마준수 전무는 불안해하는 차현수를 안심시켰다.

비단 차현수를 위해서 하는 소리만은 아니었다.

아무리 차지철의 능력이 떨어진다 한들 이런 쉬운 일도 망쳐 버릴 수준은 아니라고 판단했다.

하지만 그가 미처 생각지 못한 것이 있었다.

그것은 바로 차지철의 욕심이었다.

전기수나 차현수가 생각하는 것처럼 차지철이 아예 무능한 사람은 아니었다.

다만, 가진바 능력에 비해 욕심이 과해서 더욱 무능하게 보이는 것뿐이었다.

만약 두 사람이 생각하는 수준만큼 실제로 차지철이 무능하다면, 아무리 든든한 배경이 있더라도 문제가 발생했을 것이다.

그나마 그런 반발을 무마할 정도의 행정 능력은 차지철에게도 있었기에 부장의 지위를 유지할 수 있는 것이었다.

우스운 점은 차지철은 은근히 사람들을 선동하는 능력이 있어 알게 모르게 차현수의 세력을 넓히는 데 이바지하기도 했다.

그런 점을 전혀 알지 못하는 차현수로서는 차지철이 그저 불안할 따름이었다.

생환자가 가진 정보를 자신들 쪽에만 제공하도록 만들어야 하는데, 과연 차지철이 그 일을 잘해낼 수 있을지 걱정이었다.

마법이란 것이 정말 존재하며, 뉴 어스의 몬스터들을 상대할 만한 능력이 된다면, 이는 혁명과도 같은 일이었다.

"슬슬 조사가 끝날 시간도 된 것 같은데, 차 부장을 불러 볼까요?"

"그렇게 하게. 이봐! 밖에 누구 없나?"

덜컥!

"부르셨습니까, 부회장님."

"그래. 4층 회의실서 진행 중인 생환자 조사 말이야, 어떻게 되었나?"

"예. 조금 전 끝났다는 보고를 받았습니다."

"그래? 그런데 왜 아직까지 보고가 없어?"

차현수는 인상을 찌푸렸다.

조사가 끝났다면 바로 보고를 해야 하는데, 아직까지 어떤 이야기도 들은 바가 없기 때문이었다.

"곧 직접 올라오신다고 합니다."

차현수의 일그러진 표정을 살핀 비서는 다급하게 어디론가 연락을 취하더니, 이내 상황을 전달했다.

"알았어. 나가봐."

"네, 알겠습니다."

마치 날벼락을 피하려는 듯 비서는 서둘러 부회장실을 나갔다.

그런 후, 얼마 지나지 않아 차지철이 머뭇거리며 방으로 들어섰다.

"조사가 끝난 지가 언젠데, 너는 보고도 하지 않고 어딜 갔다 온 것이냐!"

차현수는 대뜸 호통을 쳤다.

화들짝 놀란 차지철이 얼른 대답했다.

"큰아버지, 그게 아니라……."

"여기가 집이냐? 어디서 큰아버지야! 너 아직도 정신 안 차리지!"

가뜩이나 잔뜩 움츠러 있던 차지철의 목이 마치 자라마냥 쏙 들어가 버렸다.

차지철의 비굴한 모습에 더욱 화가 나는 차현수였다.

"에잉. 됐고, 어떻게 된 것인지 보고나 해봐. 지시한 대로 잘한 거지?"

"그, 그것이 좀……."

차지철은 말을 제대로 꺼내지 못하고 얼버무렸다.

그 순간, 차현수는 뭔가 일이 잘못되었다는 것을 깨달을 수 있었다.

정말, 아주 정말 쉽고 간단한 일을 맡겼는데, 그것 하나 제대로 못하다니.

차현수는 조금 전과는 비교도 되지 않는 큰 소리를 질렀다.

"뭐라는 거야! 똑바로 대답 안 해? 어떻게 됐어?"

쓸모없다, 쓸모없다 생각하고 있었지만, 정말이지 차지철은 너무도 무능했다.

그렇게 까다로운 작전도 아니었다.

그저 회장 측과 정부 관계자들에 대한 반감을 갖게 만들고, 그런 후에 자신들이 따로 손을 내밀어 정보를 독점한다는 계획이었다.

그런데 차지철의 분위기로 봐선 아예 판을 엎어버린 것 같았다.

나서기 좋아하는 차지철의 성격을 잘 알고 있는 차현수는 어쩌면 생존자가 자신들에게 반감을 가지게 된 건 아닌지 걱정이 들었다.

"그것이……."

차현수 부회장의 성화에 차지철은 결국 기어 들어가는 목소리로 조사실에서 벌어진 일을 털어놓았다.

일의 전말을 듣게 된 차현수는 손으로 이마를 짚으며 의자에 주저앉았다.

어차피 정부나 회장 측 모르게 줄을 대는 일은 자신이 직접 진행해도 될 일이고, 그저 적당히 분위기를 흐려두기만 하면 되는 일이었다.

하지만 그조차 제대로 처리하지 못하고 망쳐 버린 조카에게 차현수는 다시 한 번 큰 실망을 하게 되었다.

그리고 같은 장면이 총리실과 국정원 모처에서도 비슷하게 연출되고 있었다.

Chapter 3
헌터 라이선스

조사실에서 나온 정진은 주변을 둘러보았다.

언제 시간이 이렇게 흘렀는지, 점심시간 업무 휴식을 알리는 팻말이 걸려 있는 부스가 다수 눈에 띄었다.

그래서인지 헌터들도 그리 많지 않았다.

정진은 협회 로비를 천천히 한 바퀴 돌며 이정진을 찾았다.

조사가 끝나면 다시 만나기로 약속을 했기 때문이다.

정진이 잠시 두리번거리고 있을 때, 로비 한쪽에서 그를 부르는 소리가 들렸다.

"정진아!"

소리가 들린 곳으로 고개를 돌리자 이정진이 손을 들며 자신의 존재를 알렸다.

"오래 기다렸어요?"

정진은 이정진에게 다가가며 물었다.

언뜻 보기에도 자신을 한참 기다린 것 같았기 때문이다.

"아냐. 일찍 끝나서 여유를 즐기고 있었다. 나야 뭐, 조사관들이 특별히 알아볼 만한 것이 있는 것도 아니고… 그래, 조사관들이 뭐라고 하든?"

이정진은 사실 비밀 의뢰를 받은 헌터 신분이었기 때문에 특별히 조사 받을 일이 없었다.

정부 측 사람을 통해 증명이 이루어지고, 간단하게 어떻게 낙오를 했다가 복귀하였는지 진술만 하고 조사가 끝났다.

하지만 정진의 경우는 달랐다.

자신과 달리 집중 조사를 받을 것이기에 당연히 오랜 시간이 걸릴 것이라 예상했다.

영원의 숲에서 함께 뉴 서울로 복귀하면서 경험한 마법은 직접 눈으로 보고도 믿기지 않는 것이었다. 그러니 서면으로만 이야기를 들었을 사람들은 얼마나 캐묻고 싶은 게 많을지 대충 예상되었다.

더욱이 그들은 모르고 있지만, 정진에게는 강력한 가디언이 붙어 있었다.

덕분에 돌아오는 동안 정진과 자신은 위협에 노출될 일이 없었다.

상처 하나 없이 무사히 영원의 숲을 빠져나오는 것은 물론, 부수적으로 상당한 마정석까지 획득할 수 있었다.

"형님의 말씀대로 분위기를 위협적으로 몰아가더니, 마법에 대한 정보를 날로 먹으려 하더라고요."

"역시. 하여튼 헌터 협회나 정부 관료들은 다 똑같다니까. 어떻게든 서민들의 등골을 빼먹으려고 말이야."

맺힌 것이 많은지 이정진은 헌터 협회와 정부에 대한 불만을 내뱉었다.

그동안의 일을 생각하면 이해할 수 있는 이야기였다.

이정진은 나이가 들어 점점 몬스터를 잡는 것에 부담을 느낄 무렵, 헌터 협회 간부를 통해 정부 관계자를 알게 되었다.

그로부터 대형 헌터 클랜이 발굴한 유물을 제대로 신고하는지 감시하는 일을 소개 받았다.

그 후로 그는 신분을 숨긴 채 일개 일꾼으로서 헌터나 연구원들에게 무시당하며 묵묵히 일을 했다.

처음에는 별로 힘들 것도 없고, 몬스터를 잡을 때처럼 그리 위험하지도 않았다.

반면, 보수는 높았기에 만족스럽게 일을 할 수 있었다.

하지만 헌터들의 영역이 넓어지고, 발견되는 던전이 캠프에서 멀어질수록 일은 힘들어졌다.

몬스터의 위협도 문제지만, 던전 탐사대를 노리는 불량 헌터들의 습격은 상상 이상으로 위험했다.

헌터 생활을 할 당시에는 그나마 동료들을 믿을 수 있었다.

동료에게 등을 맡기기 위해서는 서로 속이는 일이 없어야 했다.

물론 당시에도 불량 헌터들이 아주 없던 것은 아니었지만, 던전 탐사대를 습격하는 일에 비하면 거의 없는 편이라 할 수 있었다.

하지만 던전 탐사대의 헌터들이 의도적으로 일부 일꾼들을 버리는 것을 적지 않게 목격하게 되면서, 이정진은 이 일도 오래하지는 못할 일이라 생각하였다.

그러던 차에 정진의 제안은 가려운 데를 긁어주었다.

다른 무엇을 할 수 있을까 고민하고 있을 때, 정진이 함께 헌터 일을 하자고 제안한 것이다.

이정진은 그 일이 자신을 배려해 준 것임을 잘 알고 있었다.

사실상 정진으로서는 혼자서 사냥을 다녀도 충분했던 것이다.

이정진은 노태 클랜 던전 탐사대에 참여하면서 일단 자신의 편으로 만들 요량으로 일꾼들에게 살갑게 대했다.

그가 먼저 나서서 일꾼들에게 뉴 어스에서 주의할 점이나 어떤 식으로 일을 해야 편한가 하는지 등을 알려준 것이다.

그러면서 자연스럽게 일꾼 대표가 되었다.

정진의 경우도 그리 다르지 않았다.

이름이 비슷하다는 공통점과, 또 어린 나이에도 가족들을 돌보는 모습이 기특하기도 하여 옆에 끼고 돌봐주었다.

그런데 그 작은 친절이 위기의 순간에서 목숨을 구해주었을 뿐 아니라 이렇게 일자리까지 얻게 해준 것이다.

원래라면 경험 많은 자신이 정진에게 일을 알선해 줘야 옳겠지만, 정진은 어느새 자신보다 훨씬 뛰어난 실력자가 되어 있었다.

게다가 뉴 어스에 대한 지식 역시 자신보다 풍부했다.

이정진은 정진과 함께 동행하면서 그런 사실을 여실히 느꼈다.

헌터로서의 경험은 자신이 좀 더 뛰어나겠지만, 몬스터에 대한 특성 따위는 오히려 정진이 더 많이 알고 있었다.

그래서 이정진은 오늘처럼 가능한 범위 안에서 최선을 다해 정진을 돕겠다고 마음먹었다.

"그런데 아무리 헌터 협회가 막나간다지만 네게 협박을 할 줄이야… 도대체 네 조사관으로 누가 나왔기에……."

이정진은 문득 의아한 생각이 떠올랐다.

헌터 협회가 분명 권위적인 면이 있기는 하지만, 그렇게 막무가내인 단체는 아니었다.

내부의 사정은 어떨지 몰라도 겉으로 보이는 헌터 협회는 엄연히 헌터들의 권익을 위해 존재하는 조직이었다.

그런데 명목상으로나마 헌터의 생존에 도움이 될 정보를 얻기 위한 조사 과정에서 생환자를 협박하며 강압적으로 조사를 한다는 것은 헌터 협회답지 않은 방식이었다.

어떻게든 정진을 구슬려 정보를 얻어내고 좋은 관계를 유지해야 하는 상황에서 그런 식으로 나왔다는 것은 뭔가 문제가 있음을 시사했다.

"차 무슨 과장인지, 부장인지 하는 사람이었는데, 그 사람이 선동을 하더라고요. 거기에 정부와 국정원에서 나온 사람까지 동조해서 순순히 말을 듣지 않으면 불이익이 있을 것이라느니 하면서 협박을 했고요."

"그래, 그래서 넌 뭐라고 했는데?"

이정진은 눈을 반짝이며 물었다.

가볍게 이야기하고는 있지만, 이정진이 아는 정진은 절대로 그 상황을 그냥 받아들일 성격은 아니었다.

게다가 지금 정진은 그들을 두려워하거나 눈치를 볼 필요도 없었다.

그러니 그런 소리를 듣고 그냥 나오지는 않았을 것이라 생각했다.

"뭐, 그들에게 꿀릴 것도 없고, 먼저 말을 꺼내기에 그 자리에서 마법을 보여주고 적당히 겁을 줬죠."

"헐……."

이정진은 자신이 코치를 하기는 했지만, 설마 정진이 협회 간부와 정부 관계자들에게 거꾸로 협박을 했을 것이라고는 생각지 못했다.

"어떻게 했는데?"

그는 놀란 와중에도 궁금증이 앞섰다.

"별거 있나요? 일루전 마법을 이용해 바닥에 불이 난 것
처럼 보이게 하고 동시에 그들이 앉아 있던 의자와 테이블
일부를 불에 그슬리게 해주었지요. 크큭큭."

정진은 기겁하여 책상 위로 뛰어오르던 그들의 모습이 떠
올라 웃음을 흘렸다.

정진에게는 그렇게 우스울 수가 없는 장면이었다.

이정진은 못 말리겠다는 듯 고개를 흔들고는 말을 이었
다.

"그만 웃고, 일단 헌터 라이선스부터 따는 것이 좋겠다."

"라이선스요?"

"그래. 헌터 라이선스가 있어야 게이트를 이용할 수 있으
니까 말이야."

"아!"

정진은 당연한 사실이 떠올랐다.

한 달 보름 전만 하더라도 헌터 라이선스를 따기 위해 아
카데미 팸플릿까지 챙겨가지 않았던가.

"라이선스가 있어야 무엇이든 할 수 있을 테니, 일단 신

청부터 하자."

"알겠습니다. 다녀올게요."

이정진의 조언을 들어 손해를 본 일이 없기에 정진은 헌터 라이선스를 취득하기 위해 당장 해당 부스로 향했다.

원래 정진 역시 던전 탐사에서 돌아오면 라이선스를 취득하여 헌터가 되기로 마음먹은 상태였다.

다만, 조금 더 가족들과 시간을 보내고 나서 천천히 헌터 생활을 시작하려 했는데, 이왕 헌터 협회에 나온 김에 일을 한꺼번에 처리하는 것도 나쁘지 않아 보였다.

더욱이 오늘 협회 간부와 트러블이 생겼으니, 시간을 끌면 괜히 방해를 받을 수도 있겠다는 생각이 들었다.

✝   ✝   ✝

이은혜는 점심 식사를 마치고 돌아와 자리를 정리하고 막 업무를 시작하려는데, 누군가 자신의 부스에 찾아오자 고개를 들었다.

"어서 오십시오. 무엇을 도와드릴까요?"

그녀는 곧바로 입가에 미소를 지으며 친절하게 고객을 맞았다.

"예. 헌터 라이선스 취득 신청을 하고 싶습니다."

"라이선스 취득 말씀이십니까?"

"예."

"아, 알겠습니다. 일단 여기 서류에 성명과 생년월일, 주민번호 등을 기재해 주시기 바랍니다."

이은혜는 신청서를 내밀며 친절하게 설명을 하였다.

정진은 그녀가 알려준 대로 서류를 빠짐없이 작성하더니, 다시 돌려주었다.

"접수 비용은 10만 원 되겠습니다."

"여기 있습니다."

예전 같았으면 굉장히 아깝게 느껴졌을 금액이지만, 지금은 언제든지 벌 수 있다는 생각에 전혀 주저함이 없었다.

"여기, 접수증을 가지고 지하 1층 시험장으로 가시면 됩니다."

신청서를 확인한 이은혜는 접수증을 정진에게 넘겨주었다.

시험은 신청한 당일에 바로 치러지는 모양이었다.

정진에게는 일부러 다시 이곳에 찾아오지 않아도 되니 좋은 일이었다.

"알겠습니다."

정진은 접수증을 가지고 이은혜가 알려준 대로 지하 1층으로 내려갔다.

지하 1층으로 내려온 정진은 헌터 시험을 보기 위해 대기 중인 다른 사람들을 보고는 그들 뒤로 가 섰다.

"시험을 치르기 위해 오신 것입니까?"

자신을 부르는 소리에 고개를 돌리니 제복을 입은 여성이 눈앞에 서 있었다.

"네, 그런데요."

"그럼 접수증을 보여주세요."

"아!"

정진은 얼른 정신을 차리고는 얼른 접수증을 내밀었다.

"여기 있습니다."

접수증을 받은 여성은 잠시 정진의 얼굴을 보며 확인하더니, 웬 쪽지를 내밀었다.

"여기 번호표 받으시고, 저기 사람들 있는 곳에 대기하시다가 순서가 되어 호명하면 방으로 들어가시면 됩니다."

"알겠습니다."

이럴 바에는 그냥 접수를 할 때 번호표를 줬으면 될 것을, 번거롭게 일을 처리한다고 생각했다.

차례가 되어 시험장에 들어선 정진은 방 안을 둘러보았다.

무척이나 황량한 느낌.

48㎡의 넓은 방에는 도마 운동에 쓰이는 기구와 비슷한 것이 가운데 놓여 있고, 그 옆으로는 유리로 둘러싸인 공간이 있었다.

호기심이 발동하여 주변을 살피던 정진의 귀로 그를 부르는 소리가 들렸다.

"이쪽으로 오십시오."

"아, 예."

정진은 얼른 대답하고 걸음을 옮겼다.

그곳에선 시험 감독관처럼 보이는 사람과 보조로 보이는 여직원이 기기를 조작하고 있었다.

시험장의 구성은 너무도 심플했다.

심지어 감독관이 앉을 의자도 마련되어 있지 않아 정진은 이곳이 정녕 헌터 협회가 맞는가 하는 생각마저 들었다.

"저기서 고글과 보호 장비를 착용하시고 주특기인 무기를 선택해 주십시오."

정진이 이런저런 생각에 빠져 있을 때, 감독관이 사무적인 억양으로 한쪽 벽을 가리켰고, 여직원의 조작에 따라 벽에서 거치대가 튀어나왔다.

거치대에는 고글을 비롯해 각종 다양한 무기들이 있었다.

정진은 잠시 망설였다.

그도 그럴 것이, 자신의 주특기는 마법이 아닌가.

당연히 헌터 시험에는 마법이라는 종목이 존재하지 않았다.

자신의 역량을 파악할 만한 시험 감독관은 없을 것이 분명해 정진은 한참을 고민했다.

그러다 결국 헌터들이 보편적으로 사용하는 대검을 살펴보았다.

1.2m 정도의 검신에 한 손과 양손 모두 사용할 수 있는 형태였다.

검날의 폭은 무척이나 넓었는데, 아마도 질긴 몬스터의 가죽을 뚫고 타격을 주기 위해서인 듯했다.

정진은 가볍게 고개를 끄덕이고는 거치대에 걸린 대검으로 손을 가져갔다.

"음……."

별생각 없이 대검을 쥔 정진은 자신도 모르게 신음을 흘렸다.

느껴지는 무게감이 장난이 아니었기 때문이다.

그런 정진의 귀에 감독관의 조언이 들려왔다.

"포스를 운용하십시오. 시험용이기는 하지만, 여기 있는 무기들은 모두 실제로 헌터들이 사용하는 무기들입니다. 그저 날을 세우지 않았을 뿐입니다."

깐깐하고 불친절해 보이는 모습과 달리 친절하게 설명해 주는 감독관이었다.

정진은 시험 감독관의 조언을 듣고 자신의 몸에 마법을 펼쳤다.

"스트랭스!"

근력 강화 마법을 시전하며 충만감을 느낀 정진은 다시 한 번 대검을 들어보았다.

그러자 조금 전과 다르게 가볍게 들렸다.

손끝으로 느껴지는 대검의 무게에 살짝 미소를 지은 정진은 가볍게 휘둘러보았다.

붕! 붕!

무게만큼이나 묵직한 소리.

정진은 몇 번 더 이리저리 대검을 휘둘러 보고는 고개를 돌려 감독관을 살폈다.

시험 감독관은 정진이 대검을 너무도 가볍게 휘두르는 모습에 깜짝 놀란 상태였다.

하지만 속내를 겉으로 드러낼 정도로 그는 어수룩하지 않았다.

감독관은 방 가운데 있는 기구를 가리켰다.

"저기 타격 측정기 앞으로 가서 서세요."

"알겠습니다."

감독관의 말로 미루어보아 타격을 측정하는 기구인 듯했으나, 어떤 식으로 작동하는 것인지는 전혀 감이 잡히지 않았다.

"거기 보시면 코드가 있을 겁니다. 그것을 검 손잡이에 연결하세요."

과연 기구 옆에 길게 늘어진 줄이 보였다.

정진은 검 손잡이 끝을 확인하고 조심스럽게 연결하였다.

우웅!

그러자 곧 작은 진동음이 들렸다.

정진은 호기심이 가득한 표정으로 검을 내려다보았다.

겉으로는 그리 큰 변화가 없지만, 측정기가 작동을 시작한 것은 느낄 수 있었다.

"그런데… 그렇게 하고 시험을 치르겠습니까?"

시험에 앞서 감독관은 정진에게 다시 한 번 질문을 던졌다.

그가 보기에 지금 정진의 복장은 도무지 시험을 치르기에 적합해 보이지 않은 탓이었다.

하지만 정작 정진은 걸치고 있는 로브가 전혀 불편하지 않았다.

무려 9클래스 마도사가 심혈을 기울여 만든 로브였다.

그런 덕분에 오히려 오토 컴플리트 힐 마법으로 인해 최상의 컨디션을 유지하고 있었다.

"상관없습니다."

정진은 팔을 한 번 붕붕 돌려보고는 감독관에게 말했다.

"전 준비가 되었습니다. 이제 어떻게 하면 되는 것입니까?"

정진의 말에 감독관은 더 이상 고민하지 않고 시험을 시작했다.

헌터 프론티어

본인이 괜찮다고 하니 뭐 어쩌겠는가.

"그럼, 시험을 시작하겠습니다. 일단 앞에 놓인 기구를 대검으로 있는 힘껏 내려치십시오."

"알겠습니다."

정진은 감독관의 말이 떨어지기 무섭게 대검을 양손으로 고쳐 쥐고 머리 위로 들어 올렸다가 힘껏 내리쳤다.

쾅!

대검과 측정기가 충돌하며 어마어마한 소리를 냈다.

엄청난 소리에 놀란 감독관은 측정기에서 전달되는 충격값을 살피다가 다시 한 번 눈을 크게 떴다.

지금까지 셀 수 없이 많은 시험을 감독한 그였다.

하지만 지금껏 이런 엄청난 측정값을 끌어낸 이는 없었다.

"한 번 더!"

혹시나 기계가 오류를 냈을 수도 있기에 감독관은 정진에게 다시 한 번 타격을 지시했다.

정진은 덤덤한 표정으로 다시 한 번 측정기를 향해 대검을 내려쳤다.

쾅!

"…한 번 더!"

쾅!

눈앞의 현실을 좀체 받아들이지 못한 감독관.

그에 따라 정진은 대검을 들어 올렸다가 내려치기를 수도 없이 반복하였다.

그렇게 반복 횟수가 50회에 이르렀을 때에야 감독관이 정진을 멈춰 세웠다.

"그만. 다음 시험에 들어가겠습니다."

감독관은 진심으로 감탄했다.

사실 아무리 오류가 나온다고 해도 이렇게 오랫동안 테스트가 이어지는 경우는 없었다.

그저 감독관 개인의 호기심 때문에 장장 50회나 타격을 반복한 것이었다.

하지만 정진은 전혀 힘들어하는 기색이 없었다.

그 모습은 최상위 헌터들에게서나 볼 수 있는 것이었다.

감독관은 마치 괴물을 보는 듯한 기분이었다.

이제 겨우 헌터 시험에 지원한 이가 이토록 굉장한 힘을 보여줄 수 있다니.

타격 시험을 끝낸 감독관은 다음 시험을 위해 정진을 이끌었다.

방 안으로 들어서며 가장 먼저 눈에 들어왔던 유리관 앞.

"저 안으로 들어가 주시기 바랍니다."

정진이 원하던 자리에 위치하자 감독관은 다음 지시를 내렸다.

"이번에는 고글에 코드를 연결하십시오."

정진은 조금 전보다 한결 익숙하게 지시에 따랐다.

곧 고글을 통해 정진의 시야에 무언가가 나타나기 시작했다.

"눈앞에 몬스터의 모습이 보일 것입니다. 그것은 뉴 어스에 있는 최하급 몬스터 중 하나인 오크입니다. 오크는……."

감독관의 설명이 이어졌지만, 정진은 귀에는 전혀 들어오지 않았다.

그저 빨리 시험을 시작했으면 하는 마음이었다.

어차피 오크 따위야 자신에게 아무런 위협도 주지 못하는 존재일 뿐, 시험을 기다리는 게 따분하게만 느껴졌다.

"최하급이기는 하지만 초보 헌터에게는 상당히 힘든 놈입니다. 그놈을 상대로 10분을 버텨야 합니다."

정진은 감독관의 말을 듣고 웃음이 나오려는 것을 참았다.

오크는 언뜻 봐도 인간의 신체보다 훨씬 월등한 덩치를 가졌다.

하지만 오크가 가진 무기라 봐야 그것이 전부였다.

반면, 자신은 어떠한가.

한낱 오크가 아닌, 그보다 상위의 종인 블러드 고블린조차 손쉽게 사냥하며 복귀하지 않았던가.

그러니 눈앞의 오크는 정진에게 아무런 위협 요소가 되지 못하고 있는 것이다.

홀로그램을 이용한 몬스터 대전 테스트.

정진은 오크에서 시작해 지금은 곤충형 몬스터인 맨티스를 상대하고 있었다.

맨티스는 크기가 1.5m에 이를 만큼 거대한 사마귀 형태의 몬스터로, 크기는 오크보다 작지만 위험도는 더욱 상위에 있는 몬스터였다.

물론 등급으로 따지면 어디까지나 오크와 같은 최하급 몬스터에 속하지만.

그러나 오크보다 여러 가지 면에서 더욱 까다롭고 위험했다.

낫과 같이 생긴 앞발을 이용하여 사냥하는 맨티스는 무척

이나 날렵하고, 변수가 많아 상대하기에 상당히 까다로웠
다.

그런 맨티스를 상대로도 정진은 전혀 밀리지 않았다.

맨티스의 주 무기인 앞발이 날아오자 정진은 대검의 날을
세워 방어하며 품으로 뛰어들었다.

그러고는 대검을 이용해 그대로 차지 공격을 시도했다.

원래 차지 공격은 방패를 이용하는 것이 기본이지만, 정
진은 대검을 응용하여 펼친 것이다.

맨티스가 앞발을 자유롭게 휘두르지 못하도록 거리를 없
앤, 그야말로 최고의 임기응변이었다.

비록 홀로그램으로 구성된 맨티스지만, 고글을 통해 가상
현실에 접속된 정진은 맨티스의 껍질 질감이 마치 실제로
느껴지는 것 같았다.

오크를 상대할 때 느낀, 가죽을 베는 감촉과는 또 다른
경험이었다.

곤충 특유의 딱딱한 외갑 때문에 맨티스는 별다른 타격을
입지 않았다.

그럼에도 몸무게가 실린 공격이었기에 중심을 잡지 못하
고 뒤로 살짝 밀려났다.

정진은 그 순간을 놓치지 않고 몸을 오른쪽으로 회전시키

며 대검을 휘둘렀다.

정진의 공격은 마치 물이 흐르듯 무척이나 자연스럽게 연계되었다.

동작만 보면 능숙한 검사라고 해도 과언이 아닐 정도로 자연스러운 움직임이었다.

팟!

정진이 휘두른 대검은 뒤로 물러나던 맨티스의 오른쪽 앞발을 타격하였다.

아무리 단단한 외피를 가지고 있다지만, 육중한 무게를 가진 대검에 빠르게 휘둘러지는 회전력까지 더해지자 더는 버티지 못하고 잘려 나갔다.

끼에!

맨티스는 비명을 지르며 허둥지둥하였다.

가상으로 만들어진 몬스터인데도 무척이나 자연스러운 모습이었다.

정진은 오른쪽 앞발이 잘려 고통스러워하는 맨티스를 그냥 두지 않았다.

맨티스가 제대로 반응하지 못하고 있는 틈을 타 정진은 다시 한 번 파고들었다.

공격이 끝난 자세에서 자연스럽게 남은 회전력을 이용해

머리 위로 들어 올려진 대검에 육중한 무게가 실렸다.

그런 후, 전신의 탄력을 담아 휘둘러진 대검은 맹렬한 기세로 맨티스의 머리 위에 떨어졌다.

파삭!

대검은 정확하게 맨티스의 머리를 가르고 지나갔다.

잠시 정적이 흐르고, 정진이 뒤로 한 발짝 물러서자 맨티스는 머리를 기점으로 목과 가슴, 그리고 배까지 일직선으로 쫘악 갈라졌다.

참으로 리얼한 홀로그램이었다.

"휴⋯⋯."

정진은 맨티스의 최후를 확인하고는 길게 숨을 뱉었다.

그러는 사이, 맨티스의 형태가 서서히 사라져 갔다.

정진은 유리 벽 밖에서 자신을 보고 있는 감독관을 향해 소리쳤다.

"아직 멀었습니까?"

지금 쓰러트린 맨티스까지, 정진은 세 마리의 몬스터를 연달아 상대했다.

세 마리 모두 대한민국이 보유한 게이트 주변에 서식하고 있는 몬스터들인데, 보통 헌터 라이선스 시험에서 이들을 모두 상대하지는 않는다.

그렇지만 정진의 능력에 경악한 감독관이 임의적으로 시험을 계속한 것이었다.

그러한 사정을 모르는 정진으로서는 역시 헌터가 되는 것은 쉬운 일이 아니라 여겼지만.

어찌 됐든 테스트 종료를 묻는 정진의 물음에 감독관은 그제야 정신을 차렸다.

"다 끝났습니다. 그만 나오세요."

비록 홀로그램으로 만들어진 몬스터를 상대하는 것이라지만, 세 마리나 연달아 상대하다 보니 무척이나 지쳤다.

게다가 원래 정진은 육체를 사용하여 싸우는 타입이 아니었다.

전 세계에 유일하다고 볼 수 있는 마법 사용자가 바로 정진이 아닌가.

정진은 감독관 옆에 있는 여직원에게 고글을 넘기고 거치대에 대검을 가져다 두었다.

"이제 시험이 다 끝난 것입니까?"

정진은 장비를 반납하고 감독관에게 물었다.

"예, 다 끝났습니다. 이것을 가지고 접수처에 가져가면 허가증을 내줄 것입니다."

감독관은 서류 한 장을 정진에게 건넸다.

"수고하셨습니다."

스르륵.

텅!

시험장의 문이 닫히고 정진의 모습이 시야에서 사라지자 감독관은 테스트 자료를 정리하며 말했다.

"특급 헌터가 나타났다."

"특급이요?"

옆에서 멀뚱멀뚱 지켜보고 있던 여직원은 감독관이 하는 말에 눈이 동그래졌다.

감독관은 여전히 흥분이 가라앉지 않는 듯 고조된 목소리로 말을 이었다.

"그래, 여기 봐봐."

감독관은 키보드를 조작해 정진이 기록한 수치들을 화면에 띄웠다.

"어머, 이제 겨우 자격 심사를 치른 사람이 상급 헌터들과 비슷한 값을 보이네요?"

하지만 감독관은 고개를 저었다.

"사실 그런 것은 별거 아냐. 가끔 타고난 힘 때문에 그런

측정값을 나타내는 헌터가 있기도 하니까. 정작 놀라운 것
은 이거라고."

다라락! 탁탁!

그는 다시 몇 번 키보드를 조작하더니, 또 다른 영상을
모니터에 띄웠다.

조금 전, 정진이 홀로그램으로 만들어진 몬스터를 상대하
던 모습이었다.

"사실 조금 전, 몬스터의 데이터를 내가 몰래 손을 좀 봤
거든."

"네? 안 대리님, 그거 불법이잖아요?"

"흠, 물론 그렇긴 하지. 하지만 어쩔 수 없었어. 원래대
로 했다면 제대로 시험이 되지 않았을 테니까."

감독관은 마치 대단한 발견을 해낸 사람처럼 당당한 표정
으로 항변하였다.

비록 불법을 저지르긴 했어도 전혀 거리낄 게 없다는 태
도였다.

"일단 이 사람 자료를 정리해서 서둘러 보고해야 할 것
같아."

"네, 그래야겠네요. 라이선스 시험에서부터 이 정도니,
앞으로 어떤 모습을 보여줄지……."

"히히, 나도 그렇게 생각해. 아마도 이름깨나 날릴 거야."

"맞아요."

정진의 자료를 정리하는 두 사람의 눈이 빛나고 있었다.

Chapter 4
뜻밖의 재회

시험을 치르고 밖으로 나온 정진은 이정진을 찾아 1층 로비로 향했다.

마침 이정진은 누군가와 이야기를 하고 있었다.

'누구지?'

이정진과 대화를 나누고 있던 상대는 등을 보이고 있어 정체를 짐작할 수가 없었다.

하지만 가까이 다가가자 그 사람의 목소리가 어딘지 익숙하다는 느낌이 들었다.

'내가 아는 사람인가?'

정진은 곰곰이 고민하며 뉴 어스에서 알게 된 사람들을

떠올렸다.

"아!"

마침내 목소리의 주인공이 누구인지 생각해 낸 정진은 빠르게 걸음을 옮겼다.

"어, 왔냐?"

"누구?"

이정진이 손을 흔들자 사내도 고개를 돌렸다.

"어? 막내 아냐? 정말 살아 있었구나!"

그는 정진의 모습을 확인하자 놀라움과 반가움이 교차하는 표정을 지었다.

"어? 김씨 아저씨?"

목소리는 분명 함께 던전 탐사를 했던 김씨가 분명한데, 얼굴은 그때와 달라 정진은 의아한 표정으로 다시 되물었다.

"그래, 김씨 아저씨다. 아니, 그냥 지웅 형이라 불러라. 당시에는 정체를 숨기기 위해 변장을 했는데, 사실 정진 형보다 내가 어려."

지웅은 정진에게 반갑게 인사를 건네며 손을 내밀어 악수를 청했다.

정진은 얼떨결에 손을 내밀면서도 여전히 혼란스러운 기

분이었다.

"아, 네. 그런데 정말 김씨 아저… 형이 맞아요?"

너무도 달라진 지웅의 모습에 정진은 아직도 믿기지가 않았다.

"맞다니까."

"그땐 이름도 지금과 달랐잖아요?"

정진은 지웅이란 이름이 영 어색하고 입에 붙지 않았다.

던전 탐사 당시에는 듣지 못했던 이름이었다.

"야, 그럼 그놈들 감시하려 정체를 숨기고 들어갔는데 본명을 말하겠냐? 당연히 가명 쓴 거지."

"네? 그럼 형도 정진 형님처럼……."

"그래. 네가 오기 전에 정진 형님과 이야기하다가 깜짝 놀랐다. 설마 이중으로 감시자를 붙였을 줄은 몰랐지. 만약 내가 그들에게 뇌물이라도 받았다가 발각되었다면… 어휴, 생각만 해도 끔찍하다."

짜증 섞인 표정으로 고개를 설레설레 내젓는 지웅의 모습에 정진은 그제야 미소를 지었다.

던전에서 항상 투덜대던 그의 모습이 떠오른 것이다.

"그 말투를 보니 이제야 제가 알고 있던 사람이 맞는 것

같네요."

"그래, 어찌 되었든 살아서 다시 보니 정말 반갑
다."

김지웅은 다시 한 번 시원한 미소를 지었다.

사실 그는 조금 전 볼일이 있어 헌터 협회를 찾았다가 우
연히 로비에 앉아 있는 이정진을 보았다.

비록 깊은 친분을 나눈 건 아니지만, 그래도 한 달이란
기간 동안 동고동락하던 사이.

몬스터의 습격으로 인해 죽었을 것이라 여긴 사람이
두 눈 멀쩡히 뜨고 앉아 있으니 무척이나 놀랍고 반가웠
다.

그래서 어떻게 된 일인지 알아보기 위해 이야기를 나눈
것이었다.

그러던 중 뜻밖의 소식을 듣게 되었다.

이정진이 살아 돌아온 것만 해도 놀라운 일인데, 던
전 탐사 도중 사라졌던 정진도 함께 있다는 이야기였
다.

그 순간, 김지웅은 설마 두 사람도 자신처럼 신분을 숨긴
프리랜서가 아닌가 의심되었다.

그래서 자신의 비밀 신분을 밝히고 이정진에게 그동안의 일을 물었다.

이정진의 입을 통해 듣게 된 내용은 그야말로 충격적이었다.

이정진 자신은 헌터가 맞지만, 정진은 정말 단순 노무 계약자였던 것이다.

헌터도 살아남기 힘든 뉴 어스에서 아무런 생존 지식이 없는 정진이 생환했다는 것은 정말 놀라운 일이었다.

게다가 만약 자신이 나쁜 마음을 먹고 노태 클랜에 뇌물을 요구하기라도 했다면 큰 어려움에 처했을 것이다.

김지웅에게 그런 유혹이 없던 것도 아니었다.

일부 감시자들 중에는 정말로 불법을 저지르는 헌터 클랜과 손을 잡고 허위 보고를 하는 경우가 종종 있었다.

그러다 이익 분배 문제로 다툼이 일어났고, 화가 난 내부자의 고발로 사건의 전모가 드러나면서 헌터 클랜과 감시자 모두 강력한 처벌을 받기도 했다.

그 후로는 정부에서 감시 의뢰를 맡길 때 이중으로 의뢰를 한다는 소문이 돌았지만, 설마 자신의 바로 곁에 감시자가 있었을 것이라고는 전혀 상상하지 못했다.

만약 또 다른 감시자가 있다고 하더라도 같은 일꾼이 아닌 다른 직종의 사람일 것이라 생각했다.

정부의 목적은 어디까지나 정확한 보고를 하게 만들어 세금을 많이 거둬들이는 데 있었다.

그러니 던전 탐사에 관해 더욱 깊고 자세히 알 수 있는 경호 헌터나 연구원 중 한 명일 것이라 예상했던 것이다.

어찌 됐든 한바탕 서로 인사를 주고 받은 세 사람.

어느 정도 이야기가 정리된 듯 보이자 이정진은 정진에게 물었다.

"그래, 시험은 잘 쳤나?"

"네. 시험 감독관이 시키는 대로 잘하고 왔어요."

"뭐, 너 정도면 금방 통과하겠지. 그런데 왜 이렇게 오래 걸렸어? 응시자가 많았나?"

정진은 시계를 한 번 보고는 덤덤한 말투로 답했다.

"에휴, 시간이 얼마나 지났다고 그러세요. 내려치기 50회에 홀로그램 몬스터 세 마리 상대하는 데에 이 정도면 오히려 빠르게 끝낸 편 아닌가요?"

이정진은 그 말에 고개를 갸웃거렸다.

그가 알기로는 라이선스 취득 검사에 그런 과정은 없었다.

정진이 치르고 온 시험은 절대 처음 헌터 라이선스를 취득할 때 보는 수준이 아니었다.

따지고 보면 기존 헌터들이 등급 업을 하기 위한 시험과 더 비슷했다.

이것은 정진의 시험을 감독했던 안기준이 임의로 시험을 변경하여 진행했기에 벌어진 일이었다.

원래대로라면 무기 타격 수치를 측정하는 것도 1~2회 정도면 충분하고, 홀로그램 몬스터도 처음 한 마리만 상대하면 되었다.

그런데 정진은 몇 배나 되는 타격 측정을 한 것도 모자라 최하급이기는 하지만 세 마리나 되는 홀로그램 몬스터를 홀로 사냥했다.

보통 초보 헌터들은 몬스터와 일대일로 전투를 치르는 경우가 없기에 홀로그램 몬스터 테스트에서도 그저 어느 정도의 피해만 입히면 성공이었다.

정진 본인은 아무것도 모르고 있었지만, 이정진은 감독관이 경악하는 모습이 눈에 그려지는 듯했다.

두 사람의 대화를 듣고 경악을 금치 못하고 있는 사람은 또 있었다.

옆에서 가만히 이야기를 듣고 있던 김지웅이었다.

이정진이야 정진의 능력에 대해서 너무나도 잘 알고 있었기에 이러한 결과에 대해서 전혀 놀라지 않았다.

다만, 시험 방식에 대해서 의아하게 여길 뿐이었다.

하지만 김지웅은 달랐다.

그가 정진에 대해 알고 있던 것은 던전에서 사라지기 전에 보았던, 어리바리한 생 초보 일꾼의 모습뿐이었다.

그런데 채 한 달도 지나지 지금, 상상을 초월하는 이야기를 하고 있으니 놀라지 않을 수가 없었다.

"와, 그게 다 정말이냐?"

"정말이에요. 제가 뭐하러 그런 걸 가지고 거짓말을 하겠어요."

"응, 그건 그렇지. 그래도 정말 믿기지가 않는구나. 네가 사라지고 한 달 사이 도대체 무슨 일이 있던 거냐?"

김지웅은 머리로는 이해하면서도 정진의 말을 쉽게 받아들일 수가 없었다.

자신도 처음 헌터 라이선스를 취득하기 위해 시험을 치를 때에는 한참 헤맸었다.

그런데 정진은 손쉽게 시험을 통과한 것을 넘어서서, 비록 홀로그램이라고 하지만 몬스터를 세 마리나 잡았다고 했다.

동시에 상대한 것이 아니라 한 마리씩 순차적으로 상대를 했다고는 하지만, 결코 호락호락한 몬스터도 아니었다.

오크와 대왕 독개구리, 그리고 웬만큼 숙련된 헌터도 쉽게 상대하기 힘든 맨티스마저 잡았다고 하니 너무도 놀라웠다.

사실 이때는 지웅뿐만 아니라 이정진도 깜짝 놀랐다.

뉴 어스에서는 직접 몬스터를 상대하지 않아도 강력한 가디언이 알아서 처리했고, 정진의 특기는 어디까지나 마법이었다.

헌터 자격시험 정도야 마법을 응용하면 무난히 통과할 거라고 생각은 했지만, 직접 무기를 들고 싸우는 근접 전투에서 이 정도로 뛰어난 모습을 보일 줄은 몰랐다.

비록 가상으로 만들어진 것이라고는 하지만, 홀로그램 몬스터는 실제 몬스터와 똑같은 움직임을 보인다.

그런데 마법과 가디언의 도움 없이도 맨티스를 잡아냈다는 것은 충분히 놀랄 만한 일이었다.

물론 이정진이나 김지웅도 맨티스 한 마리 정도는 충분히 상대할 수 있다.

하지만 그것은 오랜 경험을 통해 실력을 쌓고 능력을 길렀기 때문이다.

김지웅은 한 달 만에 정진이 맨티스를 사냥할 정도로 성장했다는 사실에 놀랐고, 이정진은 마법이 아닌 검으로도 그 정도의 전투력을 보여준 것에 놀랐다.

하지만 정작 정진은 두 사람의 반응에 별거 아니란 듯 어깨를 으쓱해 보였다.

"우리 나가서 밥이나 먹으면서 이야기하죠. 시험을 치르고 왔더니 배가 고프네요."

정진은 홀쭉해진 배를 쓰다듬으며 제안했다.

아침 일찍 헌터 협회로 나와 조사를 받고, 곧바로 헌터 자격시험을 치렀더니 배가 너무 고팠다.

"그러고 보니 식사할 시간이 지났네. 그래, 가자. 지웅이도 아직 식전이면 같이 갈까?"

"뭐, 배는 별로 고프지 않지만, 그래도 막내를 다시 만났으니 쌓인 이야기도 더 나눌 겸 같이 가죠."

지웅이 흔쾌히 승낙하자 세 사람은 자리에서 일어났다.

그렇게 정진 일행이 자리를 옮길 때, 헌터 협회에서는 난리가 났다.

안기준이 올린 정진의 헌터 라이선스 시험 데이터 때문이었다.

✝   ✝   ✝

대한민국 헌터 협회의 헌터 관리부 부장인 이기동은 방금 전 올라온 보고서 때문에 심각한 표정을 짓고 있었다.

부장의 자리에 오르고 나서 지금껏 그렇게 놀랄 만한 일은 별로 없었는데, 어제부터 이틀 동안 정신이 하나도 없었다.

어제는 뉴 어스의 정글에서 낙오했다가 무사히 귀환한 생존자가 나타나 협회가 발칵 뒤집혔다.

`생존자의 말에 따르면, 뉴 어스에 인간과 같은 인류가 존재하며, 마법이라 불리는, 정말 꿈만 같은 학문이 있다

했다.

그 말이 사실이라면 정말 큰일이 아닐 수 없었다.

지금껏 게이트가 발생한 이래 최대의 사건인 것이다.

그래서 오늘, 생존자의 증언을 듣기 위해 자리가 마련되었다.

한데 차지철이라는 탐욕 많은 인간 때문에 청문회가 엉망이 되고 말았다.

생존자의 기분을 크게 상하게 해 아무런 정보도 얻지 못하고 자리가 파장된 것이다.

때문에 이기동은 불안에 떨고 있는 중이었다.

약간의 정보만 얻더라도 큰 이익을 볼 수 있을 텐데, 아무런 성과도 얻지 못하고 반감만 쌓은 탓이었다.

그렇게 정신이 쏙 빠진 상태에서 새로운 보고가 올라왔다.

그리고 그 순간, 이기동은 소리를 지를 뻔했다.

헌터 라이선스 시험 데이터.

그것 자체는 그리 눈에 띌 게 없었다.

언제나 헌터가 되길 원하는 이들은 많고, 그중에서 합격하여 자격을 얻는 이들도 늘 있었기에.

하지만 지금 모니터 화면에 떠 있는 헌터 응시자의 데이터는 결코 평범한 것이 아니었다.

데이터 값만 봐도 최소 5년 이상은 뉴 어스에서 활동한 베테랑 헌터와 비슷했다.

"이 정도면… 7등급도 받을 수 있는 수준이다."

이기동은 몇 번이나 데이터 값을 잘못 본 것이 아닌지 확인하다가 중얼거렸다.

헌터는 그저 돈을 벌기 위해 몬스터를 사냥하는 이들이 아니다.

초반에야 그런 생활을 하겠지만, 뉴 어스에서 오랫동안 생활하다 보면 생존을 위해 보다 많은 준비와 실력이 필요하다는 것을 깨닫게 된다.

이때부터 헌터들의 생활 패턴이 달라진다.

가진바 실력만이 생존율을 높이고, 상위 등급의 몬스터를 잡을 가능성을 높여준다는 것을 깨닫게 되는 것이다.

그때부터는 돈을 버는 족족 자신의 실력을 향상시키는 데 많은 투자를 한다.

장비를 업그레이드시키거나 마정석 정제액을 몸에 주입시키는 것도 그에 대한 일환이었다.

물론 돈이 있다고 해서 마정석 정제액을 무한정 주입할

수는 없었다.

신체 상태에 따라 정제액을 받아들일 수 있는 양이 정해져 있는데, 한도 이상으로 주입하게 되면 몸의 세포들이 견디지 못하고 괴멸해 버리기 때문이었다.

그래서 헌터들은 끊임없이 수련을 하고 육체를 단련시켰다.

그 과정을 통해서 신체가 강화되고 나면, 또다시 정제액을 받아들일 준비가 갖춰진다.

고될수록 주입된 마정석의 에너지는 빠르고 강하게 육체를 발달시켰다.

그렇게 힘든 과정을 거쳐 실력이 향상된 이들은 기존의 헌터와 차별화되길 원했다.

그래서 정부와 헌터 협회 관계자들은 헌터의 등급을 만들었다.

실력에 따라 1~9등급이 있고, 그 위로 스페셜을 뜻하는 S등급을 두었다.

하지만 헌터의 등급이 처음부터 열 단계로 나뉜 것은 아니었다.

시행 초기에는 세 단계가 전부였다.

하지만 시간이 흐르고 헌터들의 실력이 향상되면서 같은

등급 내에서도 실력의 차이가 발생했다.

그러자 다시 한 번 헌터들 사이에서 불만의 소리가 터져 나왔다.

자신보다 실력이 떨어지는 헌터가 같은 급여를 받으니 이는 당연한 일이었다.

그래서 헌터들은 다시 한 번 등급의 세분화를 요구했다.

협회는 헌터들의 요구를 받아들임과 동시에 등급 향상을 위한 기준을 보다 엄격하게 책정하였다.

그래야 또다시 이런 귀찮은 작업을 하지 않을 것이기 때문이었다.

결국 이 일련의 과정은 헌터들의 생존률을 높이는 데 도움을 주었다.

예전에는 헌터들이 자신의 등급만 믿고 감당하지 못할 상위 몬스터 사냥에 지원을 하는 경우가 많았다.

그러나 엄격해진 등급 시험으로 인해 헌터들은 자신의 역량을 객관적으로 파악하게 되었고, 자신의 실력에 맞는 적절한 몬스터를 사냥하게 된 것이다.

그리고 그것은 다른 나라도 마찬가지였다.

엄격한 헌터 등급 심사가 헌터들의 안전을 조금이나마 보장한다는 연구 결과가 나오고 실제로 효과가 있음이 드러나자, 세계 각국에서 10등위 헌터 등급 분류법을 따라서 시행했다.

이런 엄격한 헌터 등급 심사로 인해 현재는 3등급 이상의 자격을 갖춘 헌터는 나오지 않고 있었다.

대한민국에서 활동 중인 이들 중 가장 높은 등급을 가진 헌터조차 5등급에 불과했다.

중국과 일본, 그리고 미국에는 4등급 헌터도 있다고 알려졌지만, 그것은 비공식적인 소문에 불과했다.

공식적으로 각국의 헌터 협회에 등록된 헌터 중 가장 높은 등급은 모두 5등급이었다.

그들은 경력이 최소 10년 이상인 헌터들로, 꾸준히 자기 개발을 추구했다.

이런 엄격한 헌터 분류법에 맞춰 봐도 지금 눈앞에 띄워진 데이터의 주인공은 무려 7등급 헌터들이 보이는 데이터값의 평균을 웃도는 수치를 기록했다.

더욱이 전투 센스는 이미 베테랑이었다.

어디서 이런 천재가 나타났는지 감탄만 나올 뿐이었다.

눈을 빛내며 데이터를 살피던 이기동은 예비 헌터의 이름을 확인하고는 급격하게 표정이 굳어졌다.

"하… 이거, 한바탕 난리가 나겠군."

이기동은 자신도 모르게 입에서 한숨이 흘러나왔다.

하지만 탄식만 하고 있기에는 사안이 너무나 중대했다.

새삼 각오를 다진 그는 급히 자리에서 일어나 어딘가로 향했다.

"회장님 계십니까?"

이기동은 문 앞을 막아서고 있는 비서실장에게 물었다.

"예, 안에 계십니다. 하지만 조금 기분이 좋지 못하십니다."

이기동은 김형민의 말에 막 노크를 하려던 손을 멈추고 고개를 돌렸다.

"흠흠, 무슨 안 좋은 일이라도 있는 것입니까?"

조심스레 목소리를 낮춘 이기동의 물음에 김형민 역시 작은 목소리로 대답해 주었다.

"오늘 생환자 진술을 듣는 곳에서 안 좋은 일이 있었다면서요?"

"아, 예……. 좀 안 좋게 끝이 났습니다."

"그 이야기가 회장님께 보고되었습니다."

"아…….."

이기동은 이마를 짚었다.

이야기가 들어갈 것이라 예상은 했지만, 이건 너무 빨랐다.

어느 쪽 파벌에도 속하지 않은 채 중도를 지키는 이기동 부장이기에 오전에 벌어진 청문회 내용은 오후 늦게나 내일쯤 되어야 보고가 될 줄 알았다.

하지만 전기수 회장의 눈과 귀는 협회 도처에 뻗어 있었다.

특히나 이번 일은 전기수 회장에게도 중요한 일이기에 바로 결과를 알아본 것이었다.

"안 좋은 일이라면 나중에 보고하시는 것이 좋을 겁니다."

김형민은 전기수 회장의 성격을 잘 알고 있었다.

지금 그의 심기를 건드렸다가는 결코 좋은 꼴은 보지 못할 것이 분명했다.

그렇지만 이기동은 늦게 보고를 했다가는 더 안 좋은 결과만 초래할 것 같은 예감이 들어 김형민의 충고를 반려

했다.

"네, 알겠습니다. 하지만 지체할 사안이 아닙니다. 연락 넣어주십시오."

"알겠습니다."

김형민은 이기동 부장의 말에 어쩔 수 없다는 듯 회장실로 인터폰을 연결했다.

삐!

— 무슨 일인가?

역시나 날카로운 목소리가 인터폰을 통해 들려왔다.

"이기동 부장이 보고할 것이 있어 찾아왔습니다."

전기수는 잠시 뜸을 들이더니, 여전히 신경질적인 목소리로 답했다.

— 음, 들여보내.

덜컥.

승낙이 떨어지자 이기동은 얼른 회장실 문을 열고 안으로 들어갔다.

방에 들어서자 가장 먼저 눈에 들어온 것은 붉게 달아 오른 전기수 회장의 얼굴이었다. 어지간히 성질이 난 모습이었다.

"그래, 보고할 것이 있다고?"

전기수는 집무실 가운데 있는 소파로 자리를 옮겨 앉으며 물었다.

그러자 이기동은 서둘러 들고 온 파일을 앞에 내려놓았다.

"이것을 한 번 살펴봐 주십시오."

"이게 뭔가?"

"조금 전, 헌터 자격시험을 담당하는 안기준 대리가 보내온 테스트 결과입니다."

이기동은 긴장된 표정으로 대답했다.

전기수는 고개를 갸웃거렸다.

일개 예비 헌터의 자격시험 테스트 정보를 굳이 자신에게 들고 온 저의를 알 수 없었기 때문이다.

'혹시 내게 청탁을 하려는 것인가?'

처음 머릿속에 떠오른 생각은 그랬다.

하지만 예비 헌터를 합격시키는 일 정도는 굳이 자신이 아니더라도 가능한 일이었다.

그 외에는 딱히 이유가 바로 떠오르는 바가 없던 전기수는 일단 서류를 살펴보기로 하였다.

"흠……."

전기수는 작게 신음을 흘렸다.

그 역시 테스트 결과가 평범하지 않다는 것을 깨달은 것이다.

"이게 정녕 사실인가?"

"그렇습니다. 안기준 대리에게 직접 확인한 내용입니다."

"혹시 예비 헌터가 아니라 무언가 결격 사유로 인해 자격을 상실했다가 신분 세탁을 하고 다시 응시하는 사람은 아닌가?"

전기수는 서류의 내용이 도저히 믿기지가 않았다.

하지만 돌아온 대답은 전기수 회장의 예상을 넘어선 이야기였다.

"아닙니다. 이 사람이 바로 오늘 조사를 받았던 뉴 어스 최초의 낙오 생환자입니다."

"뭐야?"

전기수는 이기동의 말에 깜짝 놀랐다.

서류에 기재된 정보를 보면 최소 7등급의 능력을 가진 헌터였다.

그런데 그 주인공이 바로 자신을 심란하게 만든 그 생환자라니, 놀라지 않을 수 없었다.

"이 사람이 정말로 그란 말인가?"

"예. 게다가 조사 당시 펼친 마법은 사용하지도 않았다고
합니다."

이기동은 특기란을 가리키며 말을 하였다.

전기수 회장은 다시 한 번 서류를 살폈다.

확실히 그곳에는 대검으로 시험을 치렀다는 설명이 적혀
있었다.

"그럼 그자는 마법도 사용하고, 검도 쓴다는 소리인
가?"

"그건 잘 모르겠지만, 분명 저희가 모르는 비밀이 더 있
는 것 같습니다. 아무런 능력도 가지고 있지 않던 일반인이
뉴 어스의 정글을 무사히 빠져나오고, 또 숙련된 헌터에 버
금가는 육체 능력을 보인다는 것은 간단하게 판단할 일이
아닙니다."

이기동은 잠시 말을 끊더니 은근하게 목소리를 낮추며 말
을 이었다.

"회장님."

"뭔가?"

"회장님께서도 한때 헌터였으니 잘 아실 겁니다."

"무엇을 말인가?"

이기동은 잠시 전기수의 표정을 살피더니, 곧 본론을 꺼

냈다.

"헌터는 마정석 정제액을 몸에 주입하여 일반인들보다 강력한 힘을 얻을 수 있습니다. 그렇게 얻은 힘으로 몬스터를 상대하는 것이고 말입니다."

"그렇지."

"하지만 몸에 마정석 정제액을 주입한다고 해서 일반인이 바로 숙련된 헌터만큼 강해지지는 않습니다."

"아! 그러고 보니 이상하군. 어떻게 했기에 짧은 기간에 그리 강력한 육체 능력을 가지게 된 것이지? 조사를 할 때 무언가 특별한 점이 있었나?"

"아닙니다. 제가 본 그는 아주 평범했습니다. 결코 헌터처럼은 보이지 않았습니다."

그가 봤을 때, 정진은 마법 능력은 몰라도 신체적으로는 지극히 평범했다.

마정석 정제액을 주입한 특징 또한 전혀 보이지 않았다.

마정석의 에너지는 인체에 무해한, 아니, 무척이나 이로운 에너지다.

그렇지만 마정석 정제액을 주입하게 되면 신체에 한 가지 변화가 나타나는데, 마치 스테로이드를 복용했을 때처럼 근육이 부풀어 올랐다.

마정석 에너지가 주입되면서 세포가 강제로 활성화되어 부풀어 오르는 것이었다.

다만, 스테로이드와는 다른 점이라면 부작용이 없다는 것.

때문에 한때 운동선수들이 몰래 마정석 정제액을 맞고 경기에 출전하기도 했다.

덕분에 수많은 신기록들이 쏟아져 나왔고, 이를 이상하게 여긴 국제 스포츠 연맹에서 문제 제기를 하고 정식으로 조사를 하면서 이러한 내용이 세상에 알려졌다.

그 후, 의심되는 기록들은 모두 취소가 되었다.

그런데 정진은 그런 외적인 특징도 전혀 보이지 않고, 또 마정석 정제액을 주입했다고 해도 그것을 자신의 능력으로 만들 만한 시간이 부족했다.

이기동이 주목한 점은 바로 그것이었다.

만약 단기간에 능력을 가지게 된 비밀을 알아낼 수 있다면, 대한민국은 미국이나 중국에 버금가는 헌터 강국이 될 것이 분명했다.

뿐만 아니라 7급 이상의 헌터를 양산해 낼 수 있다는 사실이 알려진다면, 세계 각국은 그 방법을 알아내기 위해 눈을 불을 켜고 수단과 방법을 가리지 않을 것이 분명했다.

"이거… 심각한 문제로군."

"그렇습니다. 만약 이 사실이 외부에 유출되기라도 한다면 큰 혼란이 벌어질 것입니다. 어쩌면 그를 차지하기 위해 전쟁이 벌어질지도 모릅니다."

이기동은 심각한 표정으로 자신의 생각을 뒷받침했다.

뛰어난 헌터가 많다는 것은 현대 사회의 핵심 자원인 마정석을 보다 많이 확보할 수 있다는 의미였다.

아니, 마정석뿐 아니라 몬스터에게서 얻을 수 있는 각종 부산물은 중요한 자원이다.

그 때문에 강대국들은 헌터들에게 많은 혜택을 주고 있다.

그리고 그 혜택을 미끼로 다른 나라의 헌터들을 유혹하기도 했다.

만일 정진에게 다른 나라가 파격적인 혜택을 약속한다면, 그가 대한민국을 버리고 그쪽으로 넘어가지 않으리란 법도 없었다.

"일단 최대한 빨리 헌터 라이선스를 발급해 주고, 틀어진 관계를 회복해 보게."

"관계 회복요?"

"그래. 차지철이, 그 자식 때문에 조사실 분위기가 안 좋
았다며?"

"네. 차지철 부장의 감언이설에 넘어간 정부 측 조사관과
국정원 조사관이 동조하면서 분위기가 조금, 아니, 꽤 심각
하게 좋지 않았습니다."

"그러니 다른 이에게 맡기지 말고 자네가 직접 접촉해서
관계를 계선해 보란 말이네. 자네가 마음을 풀어준다면 무
언가 얻을 수도 있지 않겠나."

"아, 그 말씀이십니까?"

"어떤 비밀을 가지고 있는지 모르겠지만, 단기간에 뛰어
난 능력을 쌓을 수 있는 방법을 알게 된다면 우린 돈방석에
앉을 거네."

"예, 알겠습니다."

"이번에 자네가 좀 수고 좀 해주게나. 뒤는 내가 봐줄 테
니, 필요한 게 있으면 언제든 말만 하고."

전기수는 잘만 한다면 이번 기회에 차현수 부회장 파벌을
엿 먹이는 한편, 자신의 지위를 더욱 공고히 할 수 있겠다
는 예감이 들었다.

공교롭게도 이는 본래 차현수 부회장이 계획했던 그림이기도 했다.

✝   ✝   ✝

김지웅은 식사를 하면서 정진과 이정진이 뉴 어스에서 겪었던 이야기들을 들었다.

정말이지, 하나부터 열까지 믿기 힘든 이야기였다.

이야기가 이어질수록 정진에 대한 경외감마저 들 정도였다.

어느덧 이정진이 더 이상 정부 의뢰를 맡지 않고 정진과 팀을 짜서 몬스터 사냥을 하기로 했다는 대목까지 이야기가 진행되었다.

자세한 내용은 말하지 않았지만, 지웅은 두 사람에게 뭔가 큰 비밀이 있다는 것을 눈치 챘다.

아무리 대단한 능력을 가지고 있다고 해도 정글을 무사히 빠져나오는 것과 몬스터를 사냥하는 것은 또 다른 문제였다.

그런데 경험 많은 이정진이 저렇게 손쉽게 결정했다는 것이 아무리 생각해도 상식적으로 말이 되지 않는 일이었다.

두 사람의 능력이라면 최하급 몬스터 정도는 무난하게 사냥할 수 있을 것이다.

하지만 최하급 몬스터는 잡아봤자 그리 큰돈이 되지 않는다.

몬스터 사냥을 하는 목적은 결국 돈을 벌기 위한 것이고, 사냥 부산물 중 가장 비싼 것은 마정석이다.

당연한 말이지만, 최하급 몬스터에게선 이 마정석이 잘 나오지 않을뿐더러 가격도 그리 비싸지 않다.

한데 능숙한 헌터인 이정진이 생 초보인 정진과 페어로 사냥을 한다고 하니 의심이 들 수밖에 없었다.

두 사람에게 자신이 모르는 어떤 비밀이 있는 것이 분명했다.

김지웅은 왠지 그들과 함께하고 싶어졌다.

뉴 어스에서 몬스터의 습격을 받았던 그때, 지웅은 살기 위해 노태 클랜에 자신의 정체를 밝혔다.

헌터들이 뿔뿔이 흩어지고 몬스터의 포위망에서 겨우 빠져나왔을 때, 임의로 정했던 집결지에는 몇 명 도착하지 못했다.

따로 탈출로를 찾아 갔는지, 아니면 결국 몬스터의 포위망을 빠져나오지 못하고 목숨을 잃었는지는 모르겠지만, 당시 임시 집결지에 모인 인원은 헌터와 연구원, 그리고 일꾼까지 모두 합쳐 열 명이 채 되지 못했다.

어쨌든 지웅은 자신의 신분을 밝힌 후 무기를 지원 받아 그들과 함께 정글을 빠져나올 수 있었다.

물론 신분을 숨겼다는 이유 때문에 지웅은 뉴 서울에 도착한 직후, 잔금도 받지 못하고 노태 클랜에서 쫓겨났다.

뿐만 아니라 정부의 의뢰도 완수하지 못한 것이 되어 의뢰비도 상당 부분 차감되었다.

하지만 김지웅에게 닥친 불행은 그것으로 끝난 것이 아니었다.

이미 자신의 신분을 노출시켰기에 더 이상 정부의 비밀 의뢰를 받지 못하게 된 것이다.

정체가 밝혀진 사람을 어떻게 감시인으로 헌터 클랜에 집어넣겠는가.

정부로서는 그와는 더 이상 볼일이 없어진 것이다.

그런 이유로 김지웅은 어쩔 수 없이 자신을 원하는 클랜이 있는지 알아보기 위해 헌터 협회를 찾은 것이었다.

그런데 이정진과 정진이 단둘이 몬스터 사냥을 하겠다고 하자 자신도 그 그룹에 끼고 싶어졌다.

이제 와서 다시 헌터 클랜에 들어가 봐야 좋은 대우를 받지도 못할 테고, 또 감시 요원이었던 전적이 있기에 헌터 클랜에서 좋게 보지 않을 것이 분명했기 때문이다.

아무리 불법적인 일이 아니었다 하더라도 자신들을 감시하던 사람을 쉽게 동료로 받아들이지는 못할 것이었다.

"정진아."

"예?"

"너, 정말로 형님하고 둘이서 뉴 어스에서 활동할 생각이냐?"

"네. 정진 형님만 괜찮으시다면요."

정진이 의견을 구하듯이 돌아보자 이정진은 고개를 끄덕였다.

"그래, 한 번 그래볼 생각이다."

이정진의 목소리는 이미 결심이 선 듯 확신에 차 있었다.

이쯤 되자 김지웅 역시 더 이상 말 돌리지 않고 직설적으로 물었다.

"거기 나도 끼면 안 되겠냐? 조금 전에 협회에서 형님에게 말을 하긴 했는데, 요즘 내 처지가 좀 그렇다."

김지웅은 자신이 현재 처한 형편을 다시 한 번 정진에게 들려주었다.

그의 말속에는 간절함이 절절했다.

"형님 생각은 어떠세요? 저야 지웅이 형이 들어와도 괜찮은데 말이에요."

"뭐, 네가 괜찮다면 나도 상관은 없다. 오히려 지웅이가 우리와 함께한다면 좋지. 사실 너랑 둘이 몬스터 사냥을 한다는 것이 아무래도 좀 걸렸거든. 아, 물론 사냥을 실패할 것을 걱정하는 것이 아니라 우리가 사냥을 마치고 돌아왔을 때 다른 사람들이 우리를 보게 될 시선 때문에 말이야."

"아, 그걸 미처 생각하지 못했네요."

정진은 가디언인 타라칸이 있기에 몬스터 사냥에 관한 것은 깊게 고민하지 않았다.

뉴 서울 인근에 분포하고 있는 몬스터 중에 타라칸을 능가하는 몬스터는 없기 때문이다.

조금 강력한 놈이라고 해봐야 예전 타라칸이 진화하

기 전 수준의 몬스터가 먹이사슬 최상위에 존재할 뿐이었다.

그렇기 때문에 자신과 이정진, 둘뿐이라도 그리 위험하지 않을 것이라고만 생각했다.

하지만 자신들이 사냥을 끝내고 돌아왔을 때 다른 사람들이 어떻게 바라볼 것인지는 생각하지 못했다.

아머드 기어도 없는 헌터 두 명이 사냥을 마치고 멀쩡히 복귀한다는 것은 확실히 이상하게 생각될 일이었다.

당장 오늘만 해도 비슷한 이유로 귀찮은 조사까지 받지 않았던가.

정진은 단순하게 생각했던 몬스터 사냥에 대해 다시 한 번 심사숙고하게 되었다.

"그럼 혹시 알고 계신 헌터분은 더 안 계신가요? 가능하면 입이 무거운 분이 좋겠는데……."

정진은 이정진을 돌아보며 조심스럽게 물었다.

아직 자신에게는 충분한 힘이 없으니 최대한 비밀을 오래도록 지켜야 했다.

물론 정부와 헌터 협회에는 자신이 마법을 익혔다는 사실을 알리긴 했지만, 그 정보를 동네방네 소문을 내진 않을 것이다.

그러니 그쪽은 당분간 신경을 쓰지 않아도 될 일이었다.

다만, 소수의 인원으로 너무 많은 몬스터를 잡다 보면, 그 뒤에는 어떤 일이 벌어질지 몰랐다.

어쩌면 자신이 알고 있는 마법에 대한 정보를 얻기 위해 수단과 방법을 가리지 않고 위협을 가해올 수도 있었다.

정진 자신은 빠져나올 자신이 충분했지만, 그 과정에서 가족들이 위험해질 수도 있었다.

정진은 그런 상황이 닥치기 전에 강한 힘과 세력을 가져야겠다고 판단했다.

아무리 자신 개인의 힘이 강하다 해도 어느 정도 세력의 힘이 받쳐 주지 않으면 결국은 살아남을 수 없다고 생각되었다.

결심을 내린 정진은 일단 지금 당장 할 수 있는 일을 생각해 보았다.

가장 중요한 것은 우선 자신만의 몬스터 공격대를 만드는 일이었다.

물론 자신이 전면에 나서기보단 경험이 많은 이정진을 얼굴마담으로 내세워야 할 것이다.

"그럼 정진 형님하고, 지웅 형님이 사람 좀 모집해 주세요."

속으로 계획을 세운 정진은 이정진과 지웅을 돌아보며 부탁하였다.

세상은 자신이 생각한 것보다 단순하지 않음을 깨닫게 된 정진은 아케인 아카데미에서 제라드와 젝토르에게 배웠던 가르침을 다시 한 번 상기했다.

두 사람에게서 배운 것은 단순하게 마법만이 아니었다.

아케인 제국의 사상과 마법사들의 이상 등 마법에 관련된 가르침이 주축이었지만, 그에 못지않게 인간의 본성이나 정치적 입장에 따른 지혜도 배웠다.

크게 보면 그 모든 것이 마법으로 연결이 되는 것이기에 젝토르와 제라드는 결코 소홀하게 가르치지 않았다.

하지만 정진은 당장 가족에게 무사히 돌아가는 것에 신경이 집중되어 있었기에 크게 의미를 두지 않았다.

그러다 비로소 지금에 와서야 그 중요성을 실감할 수 있었다.

한편 이정진과 김지웅 역시 깊은 고심에 들어가 있었다.

정진이 말한 것처럼 입이 무거운 헌터를 찾는 것은 결코 쉬운 일이 아니기 때문이었다.

Chapter 5
보금자리를 마련하다

정진은 다시 헌터 협회를 찾았다.

헌터 자격증을 받기 위해서였다.

헌터 자격증은 시험을 통과하면 당일에 바로 발급되었다.

헌터가 많을수록 국가적으로 이익이기 때문에 지체할 이유가 없는 것이다.

우편을 통해 자격증을 받는 경우도 있지만, 지금 정진에겐 당장 해야 할 일이 있기에 헌터 자격증이 필요했다.

마정석 판매.

물론 헌터 자격증이 없어도 마정석을 팔 수는 있다.

하지만 그럴 경우, 출처가 불확실하다 하여 마정석의 가격을 후려쳐 제값을 받을 수가 없었다.

이미 이정진에게 그에 대한 이야기를 들었기에 정진은 가지고 있던 마정석을 일부만 환전하였다.

마음 같아서는 헌터 자격증을 취득한 후에 모두 제값을 받고 싶었다.

하지만 자신을 걱정했을 가족들을 위해 선물이라도 살 마음에 마정석 일부를 판 것이었다.

사실 그 정도쯤이야 언제든 다시 구할 수 있을 테니, 별로 부담이 되지도 않았다.

어쨌든 이제 가족들에게 자신의 무사함도 알렸으니, 남아 있는 마정석을 처리해야 할 때였다.

헌터 협회의 주요 업무 중에 하나인 만큼 교부처는 쉽게 찾을 수 있었다.

"헌터 자격증을 찾으러 왔습니다."

"네. 접수 번호가 어떻게 되시죠?"

"여기요."

정진은 교부 받은 접수증을 얼른 주머니에서 꺼내 내밀었다.

"음……."

직원은 잠시 접수 번호와 정진의 모습을 번갈아 보더니 망설이는 태도를 보였다.

"잠시만 기다려 주세요."

"아, 예."

그러더니 어디론가 연락을 취하며 급히 자리를 벗어났다.

정진은 멍하니 그 모습을 지켜보다가 앞에 놓인 의자에 앉았다.

아무래도 시간이 좀 걸릴 듯 보였다.

그렇게 얼마나 시간이 흘렀을까.

직원이 다시 자리로 돌아왔다.

그런데 직원은 정진에게 의외의 말을 꺼냈다.

"저기… 저희 부장님께서 정정진 헌터님을 뵙고자 하십니다."

"예? 저를요? 왜요?"

일면식도 없는 사람이 난데없이 자신을 보자고 하니, 정진으로서는 일순 의구심이 들었다.

안 그래도 오전에 헌터 협회 조사관과 안 좋게 엮인 일이 있어 더욱 찜찜하였다.

하지만 헌터가 되려는 순간에 헌터 협회 간부가 보자고 하는데 대놓고 거절할 수도 없는 노릇이었다.

"알겠습니다."

결국 만나는 보자는 마음에 정진은 담당 직원에게 고개를 끄덕이며 대답했다.

담당 직원은 한결 밝아진 표정으로 앞장서서 안내했다.

혹시나 정진이 마음이 변해 말을 번복할까 싶어 얼른 걸음을 옮기는 직원이었다.

✝   ✝   ✝

"이것참, 번거롭게 해드려 죄송합니다."

정진이 담당 직원을 따라 어느 한 방으로 들어가자 안에 있던 한 남자가 사과부터 건넸다.

그는 다름 아닌, 이기동이었다.

"아닙니다."

"이쪽으로 앉으시죠."

이기동은 자연스럽게 자리를 권했다.

정진은 고개를 갸웃거리며 자리에 앉았다.

여전히 이게 무슨 상황인지 짐작이 가지 않는 것이다.

"자넨 그만 나가보게."

"예, 알겠습니다."

방 안에 둘만 남게 되자 정진은 더욱 의문이 깊어졌다.

'도대체 무슨 일로 날 보자고 한 거지?'

부하 직원까지 내보낸 것을 보면 결코 가벼운 이야기는 아닐 게 분명했다.

한참 생각에 잠겨 있던 정진에게 이기동이 웃으며 말을 건넸다.

"하하, 제가 보자고 한 이유가 궁금하시죠?"

"네. 그런데… 저와 어디서 만난 적이 있으신가요?"

그제야 정진은 눈앞에 있는 사람이 낯익다는 사실을 깨달았다.

이기동은 정진의 그 말에 반색하며 친근하게 말을 꺼냈다.

"이런, 불과 몇 시간 전에 만났는데, 제 인상이 그리 좋지 못했나 봅니다. 하하."

"아, 오전에 조사실에 있던 분이시네요."

정진은 그제야 이기동을 기억해 낼 수 있었다.

오전 조사 과정에서 유일하게 자신을 몰아붙이지 않은 사람이었다.

"그런데 무슨 일로……. 조사는 그때 다 끝난 것 아닌가요?"

"아, 예. 꼭 그것 때문에 뵙자고 한 것은 아닙니다. 물론 오전에 듣지 못한 이야기가 궁금하기는 하지만, 그건 천천히 들을 수 있기를 기대합니다. 여튼 제가 정정진 씨를 뵙자고 한 것은 혹시나 계약한 헌터 클랜이 있는지 물어보기 위해서입니다. 없으시다면 제가 몇 곳 추천을 해드릴 수도 있고 말입니다."

이기동은 입가에 미소를 띠며 정진을 부른 용건을 말했다.

"헌터 협회에서 그런 일도 합니까?"

정진은 의아한 생각이 들었다.

"보통은 그러지 않지만, 자격시험에서 우수한 성적을 내신 분들에 한해 국내 수위의 헌터 클랜과 연결을 시켜 드리기도 합니다."

이기동은 간단하게 이유를 설명해 주었다.

만약 어중이떠중이 같은 클랜에 우수한 성적을 낸 헌터가 들어가 부상이나 사망을 당하게 되면 국가적인 측면에서 전력이 손실되는 셈이었다.

헌터 협회에서는 그런 불행을 미연에 방지하기 위해 정

말 뛰어난 인재에 한해 이러한 방법을 사용하는 것이었다.

그리고 헌터 입장에서도 헌터 협회를 통해 연결이 되면, 헌터 클랜에서 우수한 자원이라 판단을 하여 보다 좋은 조건으로 계약을 제시하니 서로가 이득이라는 말도 들려주었다.

이기동 부장의 설명을 들은 정진은 어느 정도 수긍이 되었다.

확실히 헌터 클랜은 우수한 인재를 얻을 수 있어 좋고, 헌터 협회도 우수한 인재가 허무하게 희생되는 것을 막을 수 있으니, 서로 상부상조하는 일이었다.

더욱이 헌터 본인에게도 유명 클랜에 좋은 조건으로 계약할 수 있는 셈이니, 당연 나쁘지 않은 이야기였다.

"좋게 봐주셔서 감사합니다. 하지만 전 따로 들어가려는 팀이 있습니다."

"아니, 클랜이 아니라 팀에 들어가시겠다고요? 몬스터 사냥은 생각보다 더 위험합니다. 정정진 씨께서 뉴 어스의 정글을 무사히 빠져나온 것은 잘 알고 있지만, 그것과 몬스터를 사냥하는 것은 또 다른 일입니다."

이기동은 윗선의 지시와는 상관없이 정진의 선택이 진심

으로 안타까웠다.

사실 그는 사설 몬스터 사냥팀을 그리 신뢰하지 않았다.

문제를 일으키는 거의 대부분이 소규모 사설 헌팅 팀의 헌터들이기 때문이다.

헌터 관리부 소속인 그에게는 정말 골치 아픈 존재가 아닐 수 없었다.

물론 거대 헌터 클랜이라고 해서 사고를 치지 않는 것은 아니었다.

오히려 대규모로 사고를 치는 것은 그들이었으니.

하나 사고의 성격이 달랐다.

거대 헌터 클랜에서 사고를 치는 것은 대부분 아티팩트를 빼돌리는 등의 금전적인 사고였다.

하지만 소규모 헌터 팀은 대부분 인명 사고였다.

능력도 없으면서 과한 욕심을 부려 위험한 몬스터 사냥을 시도하기 때문이었다.

또 그게 아니면, 몬스터 사냥을 통한 이윤 추구보다는 다른 헌터들을 노리는 범죄를 저지르는 게 다반사였다.

규모가 비슷하다 해도 습격을 하는 입장에서는 거의 피해

를 입지 않고 이윤을 얻는 것이 가능해 소규모 습격 팀이
기승을 부렸다.

가까스로 목숨을 건진 헌터가 거꾸로 그들과 같은 길을
걷게 되는 일도 심심치 않게 벌어졌다.

위험을 무릅쓰고 몬스터를 사냥해 봐야 또 다른 헌터
팀에게 기습을 받아 획득물을 빼앗기고 최악의 경우에
는 목숨까지 잃게 되는데, 누가 공들여 사냥에 나서겠
는가.

그에 비해 소규모 헌터들을 습격하는 것은 몬스터를 상대
하는 것보다 훨씬 안전하기에 보다 쉬운 사냥을 선택하게
되는 것이다.

또한 그보다 더 악질적인 경우도 있는데, 초보 헌터를 팀
에 받아들여 미끼로 사용하고, 사냥 후에 그를 죽이고 장비
등을 챙기는 악질도 있었다.

물론 이런 것들은 모두 최악의 상황을 예로 든 것이지
만, 중국 쪽 헌터들 중에는 은근히 그런 악질 헌터들이 많
았다.

중국은 주로 흑사회 출신들이 헌터로 많이 활동하기 때문
에 더욱 범죄와 밀접했다.

다른 나라도 헌터가 되는 비율 중 조폭들이 차지하는 비

중이 상당했기에 안심할 수 없었다.

정진은 자신을 진심으로 걱정해 주는 이기동 부장의 마음을 느낄 수 있었다.

하지만 솔직히 그런 악질 헌터 팀 따위는 별로 두렵지 않았다.

자신에게는 최강의 보디가드가 있기 때문이다.

챔피언급 몬스터인 타라칸은 웬만한 헌터 클랜의 전력보다 뛰어났다.

거기에 아직 5클래스이긴 하지만, 자신의 마법이라면 전투 능력은 더욱 높아질 것이 분명했다.

"절 걱정해 주시는 것은 감사합니다. 하지만 제가 함께하려는 분들은 충분히 믿을 수 있는 분들이고, 비록 기업의 후원을 받는 대형 헌터 클랜에는 미치지 못하겠지만 저희 팀도 상당한 전력을 가지고 있습니다. 그러니 협회의 제안은 정중히 거절하겠습니다."

정진이 거듭 사양하자 이기동은 어쩔 수 없다는 판단을 내렸다.

"그렇게까지 말씀을 하신다면 알겠습니다. 그래도 정정진 씨 같은 우수한 인재와 저희 협회는 계속해서 좋은 관계를 유지하고 싶습니다. 그러니 도움이 필요하시면 언제든 연락을 주십시오. 이건 저희 협회장님의 지도 방침입니다. 그리고 아침에 있던 일은 다시 한 번 정중히 사과를 드리겠습니다. 사실 협회 내에 회장님의 지시에 반발을 하는 부류가 있어…….”

이기동은 굳이 들려주지 않아도 될 헌터 협회 내부의 치부까지 살짝 들먹이며 정진을 달랬다.

정진이 헌터 협회에 반감을 가지는 것을 막으면서도 부회장 파벌 쪽에 들어가지 않도록 하기 위해서였다.

정진은 그런 이기동의 이야기를 모두 듣고 나서 고개를 끄덕였다.

“예, 그건 저도 이미 잊었습니다. 그러니 더 언급하고 싶지는 않네요.”

“네. 그리고 이것은 제가 정정진 씨에게 사과를 드리고, 이야기하고 싶은 것도 있어 미리 받아놓았습니다.”

이기동이 헌터 라이선스를 내밀자 정진은 자신의 헌터 라이선스를 받아 들고 살펴보았다.

플라스틱으로 된, 신용카드 크기의 물건이었다.

흰 바탕 위의 한쪽에는 정진의 사진이 들어가 있고, 또 그 옆에는 이름이 적혀 있었다.

위조를 방지하기 위해 IC 칩도 부착되어 있었다.

사실 협회 내에서는 정진의 헌터 등급을 두고 말이 많았다.

협회장 쪽 라인에서는 정진이 시험에서 드러낸 측정값대로 등급을 주자고 했고, 부회장 라인의 감독관들은 이제 처음 자격시험을 치른 예비 헌터에게 너무 과한 특혜라며 반발했다.

사실 등급이 높다고 그것이 헌터에게 특혜가 되는 것은 아니었다.

어차피 헌터 등급과 상관없이 어떤 몬스터를 잡느냐에 따라 수입이 달라지는 것일 뿐, 헌터 등급에 따라 몬스터를 사냥할 수 있는 자격이 주어지는 것은 아니기 때문이었다.

결국 설득력을 얻지 못한 부회장 라인의 주장은 손쉽게 기각되었고, 정진은 7등급이란 판정을 받을 수 있었다.

물론 정진에게 자신이 7등급이란 것은 중요하지 않았다.

헌터 클랜에 소속되려 한다면야 많은 도움이 되겠지만, 어차피 정진은 직접 사설 팀을 꾸릴 것이기에 별다른 감흥이 없었다.

"그럼 전 이만 가보겠습니다."

"예. 도움이 필요하면 언제든 주저하지 말고 찾아오십시오."

그 말에 정진은 밖으로 나가려던 걸음을 멈췄다.

문득 뭔가가 떠올랐기 때문이다.

'음, 이걸 부탁할까?'

정진이 머뭇거리자 이기동이 얼른 말을 걸어왔다.

"따로 하실 말이 더 있습니까?"

"아, 그게……."

"하하, 뭐든 말씀하십시오. 협회장님께서 특별히 신경 써 드리라는 말씀이 있었습니다. 그러니 주저하지 마시고 말씀하세요."

이기동은 협회장의 이름까지 팔아가며 정진을 재촉했다.

그러자 이윽고 결심을 내린 듯, 정진은 품에서 자루 하나를 꺼냈다.

안에 무엇이 들었는지는 알 수 없으나, 500㎖ 정도 되어 보이는 자루였다.

"이것 좀 처리해 주십시오."

정진이 자루를 앞으로 내밀자 이기동은 말없이 그것을 받아 들었다.

겉으로 보이는 대로 자루는 꽤 무게감이 느껴졌다.

"이게 무엇입니까?"

이기동은 아무 생각 없이 자루의 주둥이를 열고 내용물을 테이블 위에 쏟아냈다.

탁, 타라락!

검붉은 빛깔이 흘러나오는 광택의 구슬들.

"헙!"

구슬의 정체를 알아본 이기동은 깜짝 놀라 숨을 삼켰다.

그것들은 다름 아닌 마정석이었다.

대부분이 하급에는 미치지 못하지만, 최하급 중에선 그래도 나름 상급인 것들이었다.

마정석의 분류에는 색상으로 분류하는 것과 크기로 분류하는 게 있다.

크기를 기준으로 등급을 나누는 것은 크기가 클수록 마정석에 담긴 에너지의 양이 더 많다는 사실을 바탕으로 한 것이다.

반면 색상으로 분류하는 방법은 선명도에 따라 에너지의 양이 좌우됐다.

하지만 색상에 따른 분류는 크기에 따른 방법보다 그리 뛰어나지 않아 대부분의 나라들이 크기로 분류하는 방법을 채택하고 있었다.

대한민국 역시 주로 크기를 기준으로 마정석의 등급을 분류했다.

지금 자루에서 쏟아진 마정석의 크기는 거의 하급에 가까운 것들이었다.

하지만 워낙 양이 많아 이기동을 놀라게 하기에는 충분했다.

가장 작은 마정석이라 해도 개당 백만 원은 했으니.

거기에 같은 등급 내에서도 크기에 따라 상중하 세 등급이 있는데, 최하급 마정석은 등급이 오를수록 백만 원씩의 차이가 존재했다.

정진이 가져온 마정석은 대부분 최하 중에서 상등급.

그 말인즉, 개당 3백만 원이라는 소리였다.

그런 최하급 마정석이 대충 봐도 100개는 넘어 보이고, 간간이 하급처럼 보이는 마정석도 있었다.

그것 역시 대충 30개 정도는 되어 보였다.

하급 마정석은 최하급과는 금액의 단위부터 다른데, 품은 에너지의 양이 최하급과 최소 열 배 이상 차이가 나기 때문이었다.

즉, 자루에서 쏟아낸 마정석들의 가격은 대충 환산해도 10억 원 정도가 되었다.

잠시 당황한 기색을 보인 이기동은 곧 정신을 차리고 재빨리 머리를 굴려보았다.

이 마정석들은 어딘가의 유물에서 한꺼번에 발견했다고 치부하기에는 가공도 되어 있지 않고 빛깔도 선명했다.

그렇다면 사냥을 통해 얻었다고 봐야 했다.

그야말로 보통 일이 아니었다.

이기동은 머릿속으로 열심히 생각을 정리한 끝에 결론을 내렸다.

정진이 말하고 실제로 자신도 확인했던 마법이라는 게 중요한 키포인트일 것이라고.

"잠시만 기다려 주십시오."

이기동의 어투가 처음보다 더 정중해졌다.

이는 나이를 떠나, 그리고 사회적 지위를 떠나 몬스터를 이만큼이나 잡아 마정석을 확보한 정진에 대한 경외감에서 나온 태도였다.

자루에 다시 마정석을 쓸어 담은 이기동은 황급히 방을

나갔다.

그러고는 그리 오래지 않아 다시 방으로 들어왔다.

"죄송합니다. 너무 엄청난 것을 봐서 잠시 실수를 했군요."

사실 이기동은 정진을 불러들이며 어떻게 대할지 미리 준비를 마친 상태였다.

오전의 일도 있어 최대한 편의를 봐주며 좋은 관계를 맺어두기로 한 것이다.

그런데 상상도 못한 양의 마정석을 보게 되자 너무나 당황하였다.

물론 정진이 넘겨준 마정석 이상의 금액을 다룰 때도 많았다.

하지만 정진은 불과 한 달 전만 해도 별 볼일 없는, 대한민국의 흔하디흔한 20대 청년일 뿐이었다.

학력도 낮고 배경도 없는, 막말로 언제 무슨 일로 사라져도 어느 누구 하나 관심을 보이지 않을 사람 말이다.

그렇지만 지금은 아니었다.

뉴 어스에서 실종된 지 한 달 만에 복귀를 하고, 마법이라는 능력을 보여주었다.

그것도 모자라 이렇게 시가 10억 원에 달하는 양의 마정석을 거침없이 턱, 내놓았다.

뉴 어스에서 어떤 일이 있었는지 모르겠지만, 헌터 협회는 물론. 국가 차원에서 주목해야 할 인물이 되었다.

이기동은 정진을 놓쳐서는 안 될 인물이라 판단했다.

하여 최대한 편의를 베풀어주기로 했다.

"헌터증을 다시 제게 주시겠습니까?"

헌터 자격증에 포함된 신용카드 기능.

정진이 건넨 마정석을 바로 처리해 주어서 호감을 사는 것은 그리 어려운 일도 아니었다.

✝   ✝   ✝

헌터 협회에서 볼일을 모두 마치고 나온 정진은 조금 전 이기동이 한 말을 떠올렸다.

"정정진 씨가 부탁한 마정석의 판매 대금은 정확하게 십억 천 삼백만 원이고, 여기 헌터 허가증과 연결된 계좌로 입금이 되었습니다."

아직도 그의 말이 귓가에 울리는 듯했다.

그동안 아버지의 치료비와 생활비를 벌기 위해 그렇게 피나는 노력을 해도 당장 먹고사는 게 빠듯했다.

그런데 상상도 하지 못할 거액이 들어 있는 헌터 허가증을 손에 쥐게 되니, 저도 모르게 눈물이 고였다.

마치 파노라마 영상처럼 아버지의 부상 소식을 들었을 당시와 돌아가신 어머니의 모습, 그리고 반지하 방을 전전하며 고생하던 동생들의 모습이 스쳐 지나갔다.

그 모든 고생들이 이제는 끝이란 생각에 정진은 속이 후련하면서도 알 수 없는 설움이 심장을 파고드는 듯했다.

주변을 지나는 사람들이 입구에 서서 멍하니 눈물을 흘리고 있는 정진을 잠시 쳐다보기는 했지만, 곧 관심을 끊고 제 갈 길을 걸어갔다.

그렇게 헌터 협회 입구에 서서 멍하니 시간을 보내던 정진.

한참 후에야 정진은 흘러내린 눈물을 닦아내며 걸음을 옮겼다.

정진의 발걸음이 멈춘 곳은 어느 한 부동산 앞에서였다.

정진은 수중에 막대한 돈이 생겼으니 당장 집부터 구해야 겠다는 생각이 들었다.

비록 많이 좋아졌다고 하지만 지금 살고 있는 반지하 주택은 환경이 그리 좋지 못했다.

사실 조금만 돈이 있었더라면 결코 구하지 않았을 집이었다.

하지만 당시 정진이 구할 수 있는 집은 겨우 그 정도뿐이었다.

햇볕도 들지 않고, 언제나 곰팡이 냄새가 진동하던 반지하 주택.

장마철에 비가 조금 많이 내린다 싶으면 침수되기 일쑤였다.

가끔 정화조에서 흘러나온 가스나 하수도에서 흘러나온 악취도 문제였다.

그 모든 것이 돈이 없는 탓에 감수해야만 하는 현실이었다.

하지만 이젠 그럴 필요가 없었다.

수중에 있는 10억 원.

얼마든지 좋은 환경을 갖춘 집을 구할 수 있게 된 것

이다.

뿐만 아니라 가전제품도 이번 기회에 새로 싹 다 바꿀 계획이었다.

"무엇을 도와드릴까요?"

정진이 부동산의 문을 열고 들어서자 반가이 맞이하는 소리가 들려왔다.

"아, 예. 집을 보려고 합니다."

중개사는 잠시 정진의 전신을 훑어보았다.

이제 겨우 20대 초반으로 보이는 젊은이가 집을 구한다 하니 과연 그만한 재력이 있을지 판단하는 시선이었다.

정진은 조금 기분이 상하기는 했지만, 별로 신경 쓰진 않았다.

어차피 자신에게 충분한 자금이 있으니.

"원룸을 원하시나요? 아니면 투 룸?"

중개사는 정진의 모습에 원룸과 투룸을 추천하였다.

하지만 정진은 2층으로 된 단독주택을 원했다.

방이 최소 네 개는 있어야 어느 정도 가족들이 편안하게 생활할 수 있을 거라는 판단에서였다.

이제 조금 있으면 정한도 전역을 할 것이고, 막내인 정수에게도 개인 방을 필요할 것이다.

그렇게 따지면 방이 다섯 개쯤 필요하겠지만, 우선은 그 정도면 충분하지 않을까 싶었다.

그리고 그보다 중요한 것은 따로 있었다.

정진 자신의 개인적인 공간.

마법을 수련하기 위해선 개인적인 공간이 필요한데, 아파트보다는 주택이 좋을 것이란 판단이 들었다.

단독주택에는 대개 지하실이 존재하는데, 정진은 그곳에서 마법을 수련할 수 있도록 개조할 생각이었다.

중개사는 자신의 짐작과 달리 정진이 단독주택을 언급하자 눈이 커졌다.

비록 집값이 많이 떨어지기는 했지만, 단독주택이면 그래도 매매가가 꽤 되었다.

당연히 그에게도 떨어지는 수수료가 커진다는 의미였다.

"단독주택 말씀이십니까? 예산은 얼마 정도로 생각하고 오셨습니까?"

중개사의 말투가 바로 바뀌었다.

정진은 중개사의 반응에 살짝 미소를 지었다가 얼른 본론을 꺼냈다.

"6~7억 정도 예상하고 있습니다. 일단 주택 구입 대금으로 5억, 그리고 개조를 하는 데 1~2억 정도 생각하고 있습니다."

정진의 주택 구입 예산을 들은 중개사는 생각보다 괜찮은 재력에 쾌재를 불렀다.

"아이고, 잘 찾아오셨습니다. 고객님께서 원하시는 만큼은 아니지만, 마침 좋은 물건이 몇 채 있습니다."

중개사는 얼른 책꽂이에서 서류철을 하나 꺼내 정진의 앞에 내밀었다.

서류철 속 한 장, 한 장마다 저택에 대한 사진과 정보가 담겨 있었다.

준공 시기와 평수, 그리고 저택 내부의 평면도 등이 첨부된 사진과 함께 꼼꼼하게 들어 있었다.

정진은 내심 중개사의 꼼꼼함에 감탄하며 서류를 찬찬히 훑어 나갔다.

그렇게 한참을 살피던 정진의 눈에 마음에 드는 매물이 들어왔다.

실물은 어떨지 모르겠지만, 사진상으로는 무척이나 마음에 들었다.

더욱이 저택에 딸린 지하실은 무척이나 넓어 조금만

보강하고 설비를 갖춘다면 마법 연구실로서 충분해 보였다.

"이 집… 아직 남아 있나요?"

정진의 말에 중개사는 서류를 살펴보았다.

"아, 아직 남아 있기는 합니다. 다만, 위치가 게이트와 얼마 떨어지지 않아 소개해 드리기가 조금……."

중개사는 꺼림칙한 표정으로 말을 얼버무렸다.

그도 그럴 것이, 현재 몬스터는 많은 산업에 없어선 안 될 귀중한 자원이 되었다.

하지만 게이트는 여전히 사람들에게 혐오의 대상이고, 또 두려움의 대상이었다.

대규모 몬스터 웨이브 사태로 인해 많은 사람이 목숨을 잃었다.

그런 이유로 게이트 주변의 건물이나 주택에는 사람들이 살지 않게 되었다.

사실 정진이 보기에는 게이트와 한참 떨어져 있었지만, 사람들의 인식에는 그 정도 거리도 마찬가지 취급을 받고 있었다.

"상관없습니다. 조건만 맞는다면 제가 구입하겠습니다."

정진은 부동산 중개사의 말을 듣고 차라리 잘되었다는 생각이 들었다.

게이트 인근이란 인식 때문이지 가격도 크기에 비해 그리 높지 않았다.

하긴 몬스터 웨이브 이후, 방치된 지 10년 가까이 되고 있는데 가격이 높다면 그것이 더 이상한 일이었다.

"일단 한 번 직접 보고 싶은데, 가능하겠습니까?"

"아, 네. 그건 바로 보실 수 있습니다."

중개사로서도 바라 마지않는 일이었다.

정진이 애물단지 같은 게이트 인근 주택을 구매할 의사가 있다고 하니 망설일 이유가 없었다.

중개사는 얼른 책상 서랍에서 열쇠 꾸러미를 꺼내 들고 자리에서 일어났다.

"가시지요."

중개사는 정진의 마음이 바뀔세라 얼른 앞장을 섰다.

저택은 사진에서 본 것과 똑같았다.

10년 가까이 비워져 있었다고는 하지만, 수시로 청소를 했는지 집 주변은 생각보다 깨끗하였다.

정원에 풀이 무성하게 자라 있긴 하지만, 그건 집을

보수할 때 정리를 하면 되니 그리 신경 쓸 필요가 없었다.

"흠, 안전에는 문제없겠죠?"

중개사는 잠시 머뭇거리다 대답을 하였다.

"그게… 몬스터 웨이브 때 피해를 입지 않은 지역이라고 하지만, 장기간 비어 있어 저도 안전하다고 확답을 드리기가 어렵습니다. 하지만 보시다시피 어느 곳에도 금이 가거나 하지는 않습니다."

확실히 집 어디에도 붕괴의 조짐은 없었다.

"알겠습니다. 그럼 제가 계약하겠습니다."

중개사의 표정이 대번에 밝아졌다.

하지만 그 기쁨은 잠시뿐이었다.

이어진 정진의 말 때문이다.

"하지만 10년이나 비워져 있던 집을 시가 그대로 주고 산다는 것은 왠지 제가 손해를 보는 것 같습니다. 가격을 조금 더 낮추죠?"

"사장님, 비록 장기간 비워지기는 했지만, 그래도 이 일대에서 이만한 넓이에 이 정도 조건을 가진 집을 구하긴 힘듭니다."

"그래도 집주인과 조율을 하면 매매가를 좀 낮출 수 있지 않겠습니까?"

솔직히 정진으로서는 급할 것은 없었다.

이곳이 아니더라도 일대에는 많은 중개소가 있기에 현재 칼자루를 들고 있는 것은 정진이었다.

그러니 정진은 느긋하게 중개사를 쳐다보며 가격흥정을 하였다.

정진이 겉으로 보이는 나이에 비해 거래에 능하다는 사실을 깨달은 중개사는 잠시 양해를 구했다.

"음, 그렇다면 잠시 집주인과 통화를 해보겠습니다. 잠시만 기다려 주십시오."

정진이 거래를 중단하고 돌아갈까 봐 중개사는 황급히 집에서 나와 전화를 걸었다.

잠시 뒤, 다시 안으로 들어온 중개사는 밝은 미소를 지으며 말을 꺼냈다.

"집값을 일시불로 주신다면 3천만 원 낮춘 2억 5천만 원에 팔겠다고 합니다."

정진은 중개사의 말을 듣고 살짝 미소를 지었다.

처음 중개사가 보여준 서류철에 나와 있던 이 집의 매매가는 3억 2천만 원이었다.

하지만 오래된 집을, 그것도 10년이나 비어 있던 집값으론 너무도 비싼 가격이라 여긴 정진은 그 가격에서 4천만 원을 깎았다.

그런데 집을 둘러보며 잘만 하면 조금 더 매매가를 낮출 수도 있을 것으로 보여 그냥 한 번 찔러보는 심정으로 말을 던졌다.

한데 실제로 3천만 원이나 더 가격을 낮추게 되자 절로 기분이 좋아졌다.

사실 정진이 7천만 원이나 더 낮은 가격으로 거래를 할 수 있게 된 것은 다 이유가 있었다.

정진은 모르고 있지만, 이 일대 집값은 이미 오래전에 파탄이 났다.

몬스터 웨이브를 비껴가긴 했지만, 게이트와 가까운 거리에 있어 사람들이 이곳을 꺼려했기 때문이다.

기존에 살던 사람들도 집을 팔고 떠나고 싶은 심정이건만, 여유가 없어 마지못해 살고 있을 뿐이었다.

다만, 이 집의 경우는 조금 달랐다.

집주인은 게이트와 떨어진 작은 아파트에서 살고 있고, 이곳은 세를 놓고 있었다.

그러다 8년 전을 끝으로 더 이상 세입자가 들어오지 않고 방치되고 있는 상황이었다.

결국 집주인은 더는 저택을 유지하지 못하고 중개사에게 팔아달라고 하였다.

정진 스스로는 자신이 머리를 굴려 집을 싸게 샀다고 판단했으나, 결국 노회한 중개사의 속셈에 넘어간 셈이었다.

훨씬 낮은 금액에도 구할 수 있는 저택이건만, 주변 상황을 알지 못하니 저지를 수밖에 없는 실수인 것이다.

어쨌든 스스로는 만족스런 기분에 정진은 바로 구매를 결정했다.

부동산으로 돌아온 정진과 중개사는 바로 매매 계약서를 작성하였다.

"감사합니다."

"아닙니다. 그런데 바로 들어가시려면 보수가 필요하실 텐데, 혹시 아는 업자분이 계신가요?"

중개사는 한몫 더 잡아보려는 속셈으로 정진에게 은근히 말을 건넸다.

정진도 뭔가 알선을 해주려는 건가 싶어 그가 하는 말을 들어보기로 하였다.

"아니요. 혹시 괜찮은 분이 계시면 소개를 좀 해주십

시오."

정진의 말이 떨어지기 무섭게 중개사는 기다렸다는 듯이 얼른 이야기를 꺼냈다.

"이런 일만 전문으로 하는 업자가 있습니다. 솜씨가 아주 좋습니다."

마치 먹이를 노리는 하이에나와도 같은 눈빛.

정진은 조금은 부담스러운 기분을 느꼈지만, 어차피 필요한 일이라는 생각에 중개사가 소개하는 업자를 만나보기로 하였다.

"좋습니다. 실력만 좋다면 누구라도 상관없습니다."

정진이 바로 수긍하자 중개사는 어디론가 전화를 걸었다.

"어이, 박씨. 나야, 한마음 부동산. 보수할 집이 있는데, 여기로 좀 급히 와줘야겠어."

어느 정도 시간이 흐른 뒤, 작업복을 입은 한 사람이 부동산 사무실 안으로 들어왔다.

"한 사장님, 일거리가 있다고요?"

"아, 그래. 어서 와. 여기 이분께서 645번지의 큰집을 구입하셨는데, 손을 좀 봐야 해서 말이야."

"아, 그 큰집 말씀하시는 겁니까?"

"그래, 정원이 널찍한 거기 말이야."

"네. 그럼 어떤 것을 손보시려고 하는 것입니까?"

"아, 그건 여기 이분께서 직접 설명을 해주실 거야. 선생님, 기술자가 왔으니 말씀 나누십시오."

중개사는 부동산 한쪽에 앉아 있던 정진을 불러 업자와 이야기하도록 알선해 주었다.

정진은 집의 설계도면을 살피며 어떻게 보수를 할 것인지, 또 어디를 보강을 할 것인지 찬찬히 설명하였다.

그중에 특히 신경을 쓴 것은 뭐니 뭐니 해도 지하에 마련할 마법 실험실이었다.

이것저것 손볼 데가 많다 보니 많은 금액이 들어갈 테지만, 생각보다 집 구입비를 줄였기에 예산은 충분했다.

한참 동안 이야기를 나눈 정진은 자리에서 일어나 보수 기술자와 악수를 하였다.

"잘 부탁드립니다."

"예, 최선을 다하겠습니다."

"예. 그럼 잔금은 모든 공사가 끝나면 바로 지급해 드리겠습니다."

계약금은 부동산에서 온라인으로 처리를 했다.

집 구입 대금을 치르면서 보수 공사에 들어갈 계약금까지 함께 입금을 시킨 것이다.

그 과정에서 부동산 중개사와 보수 기술자인 박용호는 깜짝 놀랐다.

정진이 금액을 치를 때 내민 것이 바로 헌터 허가증이었기 때문이다.

두 사람이 놀라거나 말거나 계약을 마친 정진은 부동산을 나왔다.

정진이 집으로 돌아온 지도 어느덧 보름이 지났다.

정진은 이른 아침부터 가족들을 데리고 어딘가로 향했다.

"오빠, 도대체 어딜 가는 거야?"

"그래, 형. 나도 궁금해."

정진은 동생들의 채근에도 그저 말없이 빙그레 미소를 지을 뿐이었다.

내막을 알고 있는 수현은 그런 정진이 대견스러웠고, 한편으로는 미안함이 교차했다.

이윽고 정진의 가족들이 발걸음이 멈춰졌다.

그들이 지금 서 있는 곳은 거대한 저택의 문 앞이었다.

"오빠 여긴 왜 온 거야?"

정은은 영문을 알 수 없어 물었다.

보는 것만으로도 압도되는 기분이 느껴지는 그 집은 주변의 낡은 집들과는 비교가 되었다.

보수공사가 완료되어 그야말로 새집 같은 위용을 뽐내고 있었다.

덜컹.

"뭐하고 있어? 어서 들어와."

그제야 정신을 차린 정진의 가족들은 서둘러 집 안으로 들어갔다.

안에 들어서자마자 넓은 정원과 잘 가꿔진 꽃밭이 한눈에 들어왔다.

그리고 평판이 깔린 길을 따라 걸어가니 제법 넓은 잔디밭이 나왔는데, 그곳에는 파라솔과 의자, 그리고 간이 테이블이 놓여 있었다.

"와, 여기 무지하게 좋다. 나도 이런 집에 살아보고 싶다."

"그럼 여기서 살면 되지."

"뭐? 정말 여기서 살아도 돼?"

"그래. 오늘부터는 여기가 우리 집이거든."

"뭐?"

"어머! 오빠, 그게 정말이야?"

정진은 놀란 눈으로 자신을 바라보는 가족들에게 열쇠 꾸러미를 들어 보이며 미소를 지었다.

"네가 수고가 참 많다. 이제 나도 몸이 점점 좋아지니 네가 더 이상 고생하지 않아도 된다."

"아니에요. 당분간은 아버지는 다른 생각은 일절 하지 마시고 몸을 추스르는 데 마음을 쓰세요."

"미안하구나."

현수는 정진에게 아버지로서 부족했던 점은 떠올리며 고마운 심정을 털어놓았다.

정진은 이 모든 일이 가능할 수 있게 자신을 이끌어준 제라드와 젝토르에게 다시 한 번 마음속으로 감사를 드렸다.

그 두 사람이 없었다면, 지금 가족들과 함께 누리는 행복은 결코 이뤄지지 않았을 것이다.

그렇기에 다시금 두 사람의 유지를 이어 나가겠다고 맹세하는 정진이었다.

아직 철이 없는 막내 정수는 넓은 정원이 마음에 쏙 들어 주변을 마구 뛰어다녔다.

"와! 여기 정말 최고다! 형 최고!"

행복한 미소를 짓고 있는 정은과 기쁨에 겨워 소리치는 정수의 목소리가 집 밖으로 울려 퍼졌다.

Chapter 6
헌터 팀을 구성하다

석촌호수가 보이는 아늑한 분위기의 한식집.

늦은 시간임에도 환하게 붉을 밝혀져 있었다.

쪼르르륵!

헌터 협회 부회장인 차현수는 앞에 놓인 도자기 주전자를 들어 술을 따랐다.

그런 차현수 부회장의 모습을 불쾌한 표정으로 지켜보고 있는 사람은 바로 대한민국 재계 순위 5위인 노태 그룹의 회장인 노태규였다.

69세라는 나이가 무색할 만큼 그의 외모는 10년이나 어린 차현수와 비슷하게 보였다.

현재 노태규가 이렇게 불쾌한 표정을 짓고 있는 데에는 이유가 있었다.

느닷없이 연락을 하여 자신의 스케줄을 엉망으로 만든 탓이었다.

사전 양해도 구하지 않고 일방적으로 약속을 잡아 자신을 불러내는 차현수의 작태에 화가 났지만, 어쩔 수 없이 이 자리에 나올 수밖에 없었다.

노태규에겐 세 명의 아들과 한 명의 딸이 있었다.

자식들 모두 그의 철저한 훈육에 힘입어 노태 그룹의 산하의 계열사 사장으로 자리매김하고 있었다.

그런데 3남인 노인태가 차현수에게 약점을 잡히고 말았다.

약점도 어느 정도여야지 무시를 하고 넘어갈 터인데, 노인태가 범한 실책은 그야말로 치명적이었다.

그 때문에 노태규는 어쩔 수 없이 스케줄을 모두 취소하고 부랴부랴 이 자리에 나오게 되었다.

그런데다 정작 자신을 불러낸 차현수는 아무런 말도 꺼내지 않고 그저 조용히 자신의 앞에 놓인 술만 마시고 있었다.

속내를 드러내지 않는 차현수의 모습에 노태규는 마음속

깊이 분노가 쌓여갔다.

이는 자신을 철저히 무시하는 행태였기에.

막말로 대놓고 요구를 해온다면 들어줄 용의가 충분했다.

어차피 노인태의 허물을 덮기 위해서는 대가를 치를 수밖에 없었다.

하지만 차현수는 마치 자신을 시험하기라도 하듯 침묵만을 고수할 뿐이었다.

사실 이런 처세술은 노태규가 다른 사람들에게 자주 사용하는 것이기도 했다.

무언의 압박을 통해 상대로 하여금 실수를 유발시켜 이윤을 극대화시키는 전략 말이다.

한데 역으로 당하다 보니 무척이나 불쾌하고 또 짜증이 나기 시작하였다.

뿐만 아니라 평소와 다르게 냉정한 이성 또한 무너져 가고 있는 것이 여실히 느껴졌다.

"휴, 그래. 날 급히 보자고 한 이유가 뭔가?"

노태규는 이런 분위기에서 어떻게 중심을 잡아 상황을 헤쳐나가는지 잘 알고 있었다.

이런 때일수록 정면으로 강행 돌파하는 것이 정답이었다.

직설적인 물음에 차현수는 술잔을 내려놓으며 잠시 노태규를 쳐다보았다.

그러고는 입을 열어 용건을 말했다.

"이거, 어떻게 말을 해야 할지 모르겠습니다. 먼저 한 가지 여쭙겠습니다. 회장님께 셋째 아드님이신 노인태 사장은 어느 정도 비중을 가지고 있습니까?"

뭔가 의미심장한 의미를 담은 그 말에 노태규 회장은 미간을 찡그렸다.

"무슨 의미로 그런 말을 하는 건가? 감히 내 아들을 어떻게 해볼 생각이라면 나도 가만있지 않겠네."

노태규 회장은 노화를 터트리며 경고가 담긴 말을 꺼냈다.

하지만 말과 달리 눈은 그 어느 때보다 차갑고 냉정했다.

"뭐, 별거 없습니다. 아드님을 그 무엇보다 사랑하신다면 그룹이 흔들릴 것이고, 그룹을 더 생각하신다면 아드님은… 아, 아니군요. 아드님을 사랑하신다면 용단을 내릴 수 있겠군요."

장황하게 말을 꺼내는 차현수의 태도에 노태규는 조금 전보다 더 인상이 찡그려졌다.

하지만 노련한 사업가인 노태규는 얼른 신색을 다잡았다.

아직 상대는 본론을 꺼내지도 않은 것이다.

억지로 감정을 다스리려는 노태규의 모습에 차현수는 속으로 혀를 찼다.

'그러게 자식 간수를 잘했어야지. 일을 벌이려면 흔적을 남기질 말든가. 뭐, 덕분에 내게 이런 기회가 찾아온 것이기는 하지만 말이야.'

자신을 사납게 노려보는 노태규를 비웃으며 차현수는 계속해서 말을 이어 나갔다.

"비리도 적당히 해야 넘어갈 수 있는 것입니다. 그런데 이번에 던전 탐사와 관련하여 아드님께서 무리한 욕심을 부렸더군요."

"그건 이미 논의가 끝난 일이라 알고 있는데?"

"하하, 그렇지가 않습니다. 설마 제가 아무런 이유도 없이 이런 말씀을 드리는 것이라 생각하십니까? 조금 전에도 말씀드렸다시피 노인태 사장이 과욕을 부렸어요. 더군다나 그런 탓에 무고한 헌터와 계약직 일꾼들이 상당수 죽거나 은퇴를 하게 되었지요. 뭐, 차라리 던전 탐사대가 전멸했다면 저도 이렇게 회장님을 따로 만나 이야기를 할 필요도 없었겠지만 말입니다."

잠시 말을 멈춘 차현수는 조금 전에 내려놓은 잔을 들어 술을 들이켰다.

그러고는 조금 전보다 더 차가운 눈빛으로 이야기를 이어 갔다.

"일 처리를 깔끔하게 하지 못해 제가 손을 쓰게 만들고 말았습니다. 과한 욕심 때문에 저와 제 밑에 있는 사람들이 여간 고생을 한 게 아닙니다. 더욱이 그런 것을 발견했으면 신고를 해야지……. 나참, 젊은 사람이 욕심이 너무 과합니다, 과해요."

노태규는 문득 생각나는 것이 하나 있었다.

"아버지, 엄청난 것을 발굴했습니다. 지금껏 뉴 어스에서 발견된 그 무엇보다 값어치 있는 것이라 장담합니다."

당시 흥분하던 노인태의 모습이 생생하게 떠올랐다.

지금 차현수가 말하는 것이 그때의 일과 분명 연관이 있을 터였다.

아니나 다를까, 차현수에게서 흘러나온 이야기는 노태규의 짐작이 틀리지 않음을 증명했다.

"그런 것을 숨기려 들면 큰일 납니다, 큰일 나요. 저나 되니까 이렇게 기회를 드리는 것이지, 만약 고지식한 누군가가 그 사실을 알았다면 아무리 노태 그룹이라도 무사하지 못했을 것입니다."

차현수는 상 위로 무언가를 올려놓더니 노태규의 앞으로 슬쩍 밀었다.

USB 메모리칩.

노태규는 그 안에 뭐가 들었을지 미루어 짐작할 수 있었다.

분명 던전 탐사 중 빼돌린 무언가의 정보가 담겨 있을 것이다.

노태규는 잠시 머뭇거렸다.

얼마나 대단한 유물인지는 알 수 없지만, 그것이 그룹 전체를 위험에 빠트리게 한다는 말을 쉽사리 믿기가 어려웠다.

명색이 대한민국 재계 서열 5위의 노태 그룹이 아니던가.

하지만 자신만만한 차현수의 태도에서 허풍 따위는 찾아볼 수 없었다.

"한 번 살펴보시지요. 그럼 사안이 얼마나 심각한 것인지 바로 알게 되실 겁니다."

차현수는 비릿한 미소를 지으며 권유를 하였다.

노태규 회장이 저 안에 담긴 내용을 알아야 다음 이야기를 꺼내기가 쉽기 때문이었다.

결국 노태규 회장은 독이 든 성배를 마시는 심정으로 상위에 놓인 메모리칩에 손을 뻗었다.

휴대폰에 연결을 하니 액정 화면 위로 동영상 파일 하나가 바로 떠올랐다.

노태규는 각오를 다지듯 잠시 숨을 한 번 크게 내쉬고는 동영상 파일을 실행하였다.

잠시 후, 노태규 회장의 눈은 더할 나위 없이 치켜떠졌다.

너무 놀란 탓인지 벌어진 입에서는 아무런 말도 나오지 않았다.

노태규 회장의 반응이 만족스러운지 차현수는 부드러운 목소리로 말을 꺼냈다.

"회장님께서 알고 계실는지 모르겠지만, 저희는 그것을 이계인들의 대몬스터 병기라 결론 내렸습니다. 현재 저희가 익히 알고 있는 아머드 기어보다 두 배는 더 커 보이는데, 특이하게도 이계의 대몬스터 병기는 칼과 방패로 무장을 하고 있습니다."

차현수는 동영상을 보며 경악을 하고 있는 노태규에게 간단한 브리핑을 해주었다.

물론 그는 자신이 지금 하는 말이 정말 사실인지는 알지 못했다.

그저 학자들이 내린 결론이지만, 그에게는 상관이 없는 일이었다.

화면 속 물건이 대몬스터 병기인지, 아니면 동상인지 뭐가 중요하겠는가.

노태규를 압박할 수만 있다면, 진실 따윈 하등 상관없었다.

그러한 차현수의 의도대로 지금 노태규는 상당히 심각하게 화면을 바라보고 있었다.

'병신 같은 놈, 욕심만 앞서서는… 이런 것이 있으면 진즉 내게 알렸어야지.'

노태규는 차현수의 말을 전적으로 믿지는 않았다.

다만, 지금 중요한 것은 화면에 등장하는 물건의 정체가 아니었다.

노인태가 자신에게 아무런 보고도 올리지 않았다는 게 문제였다.

"제가 제안 하나를 하지요."

말없이 동영상을 바라보는 노태규의 모습에 차현수가 입가에 미소를 띠며 입을 열었다.

"뭔가?"

심기가 좋지 않은 듯 노태규의 목소리는 착 가라앉아 있었다.

차현수는 여기서 조금 더 노태규의 심기를 거스르다가는 일을 망칠 수도 있겠다는 생각이 들었다.

그래서 조금 전과는 달리 조심스레 이야기를 꺼냈다.

"이건 어쩔 수 없습니다. 조금 전에도 말씀을 드렸듯이 제가 숨겨줄 수 있는 한계를 넘어선 문제이니 말입니다."

가만히 자신을 바라보는 노태규의 시선에 차현수는 잠시 말을 끊었다.

그러고는 곧 노태규에게 몸을 붙이며 은밀하게 속삭였다.

"늦긴 했지만, 지금이라도 자진해서 신고를 하십시오."

"음?"

노태규는 의아한 생각이 들었다.

지금 차현수는 얼마든지 자신을 협박할 수 있는 위치였다.

한데 신고를 하라니……

그 저의를 알 수가 없어 노태규 회장은 차현수의 얼굴을 가만히 들여다보았다.

그러자 차현수는 바로 자신의 속내를 털어놓았다.

"물론 여기 보이는 대로 신고를 하게 된다면 고스란히 압류가 되고 말 테지요. 하지만 숫자를 줄이면 어떻겠습니까? 비록 늦긴 했어도 그 이유가 학자들이 욕심 때문이었다고 한다면 정부도 어느 정도 감안을 하지 않겠습니까?"

"숫자를 줄이자?"

노태규는 차현수가 한 말을 곰곰이 생각해 보았다.

화면 속에 드러난 것은 총 세 기.

노태규는 차현수의 얼굴을 가만히 바라보았다.

비릿한 미소를 짓고 있는 차현수의 속셈은 빤했다.

노태규는 자신의 생각이 틀리지 않을 것이라 생각하면서도 확인차 물었다.

"그럼 하나만 신고를 하고, 나머지 두 기를 서로 나눠 갖자는 말인가?"

차현수는 입꼬리를 치켜올리며 만족스러운 미소를 지었다.

따로 말하지 않아도 자신의 의도를 찰떡같이 알아듣는 노태규 회장의 태도가 기꺼운 탓이었다.

"어차피 생환자들 때문에 조만간 그것의 정체는 알려질 수밖에 없습니다. 하지만 몇 기나 있는지는 아무도 모릅니다. 말이야 퍼지겠지만, 확실한 증거가 될 수 있는 것은 제가 보여 드린 영상뿐이니, 저희 두 사람만 입을 다문다면 문제될 게 없지요. 어차피 정부도 한 기를 얻을 테니, 더 깊게 파고들려 하지는 않을 겁니다."

차현수는 아무 걱정 말라는 듯 자신을 담아 이야기했다.

"게다가 뭐, 만약 실상을 알아보려 해도 여기저기 제가 기름칠을 조금만 하면 잘 무마되지 않겠습니까? 노태 그룹으로서도 이계의 대몬스터 병기를 한 기 확보하게 되는 셈이니 큰 이익이지요."

차현수는 마치 큰 선심이라도 쓰듯 말했다.

노태규로서도 나쁜 이야기는 아니었다.

사실 처음부터 충실히 신고를 했다면 세 기 모두 소유권을 주장할 수 있을지도 모를 일이었다.

하지만 노인태과 과욕을 부린 탓에 이미 그 가능성은 물 건너간 것이나 다름없었다.

지금에 와서 신고한다 해도 세 기 모두 몰수당하는 것

은 물론, 얼마나 많은 과징금을 물어야 할지 모를 일이었
다.

　그러나 차현수의 의견에 따라 일을 진행한다면, 적어도
한 기는 건질 수 있어 보였다.

　물론 차현수도 노리는 바가 있으니 이렇게 말을 하는 것
이었다.

　직접적으로 언급하지는 않지만, 남은 한 기는 당연히 자
신이 가져갈 것이라 하는 것이었다.

　노태규는 굳이 그것을 짚어 말하지는 않았다.

　어차피 칼자루는 눈앞에 있는 차현수가 쥐고 있는 상황.

　어느 정도 자신도 양보를 해야 하기 때문이다.

　"그렇게 하면 문제가 없는 것 확실한 건가?"

　"하하하, 당연한 말이지요. 설마 제가 되지도 않을 일을
이렇게 회장님을 모셔 얘기했겠습니까."

　"으음, 좋네. 그렇다면 차 부회장의 말을 믿어보지."

　"인사해라. 여긴 예전에 나랑 같은 팀에 있던 강현성이라
고 한다."

"안녕하십니까, 정정진이라고 합니다."

"그리고 여긴 강진성. 뭐, 이름에서 알 수 있겠지만, 현성이 동생이다."

"아, 예. 정정진입니다."

정진은 지금 이정진의 옛 동료들을 만나고 있었다.

정진이 집을 구하는 동안 이정진은 믿을 만한 동료를 구하기 위해 이곳저곳을 알아보았다.

그러던 차에 강현성 형제의 근황을 알게 되었다.

마침 두 사람은 얼마 전 자신들이 속해 있던 팀이 해체되는 바람에 새로운 소속을 구하고 있는 중이었다.

사실 클랜에 소속된 게 아닌 이상 헌터들에게 가장 중요한 것은 바로 믿을 만한 동료였다.

그런 이유로 실력이 뛰어난 헌터임에도 두 형제는 좀처럼 팀을 구하지 못한 것이었다.

그러던 차에 이정진을 만나게 된 것은 두 형제에게도 좋은 일이었다.

예전에 같이 일을 하면서 서로에 대한 믿음을 쌓은 덕분이었다.

정진은 강현성 형제와 어느 정도 인사를 나눴다.

그런 후, 이정진에게 지웅에 대한 소식을 물었다.

이렇게 새로운 팀원이 될 사람들을 맞이하는 자리에 없다는 것이 왠지 신경 쓰였기 때문이다.

"아, 그러지 않아도 지웅에게서도 연락 온 게 있어."

"그래요?"

"아직 확신은 못하겠지만, 그 녀석도 믿을 만한 사람이 있어 함께하자고 제의하는 중이라더라. 그런데 문제는… 그 사람이 속한 헌터 클랜에서도 놔주질 않으려 한다더라고."

"아니, 그게 무슨 소리예요? 클랜에서 놔주지 않는다니요? 클랜에 소속이 되거나 탈퇴하는 것은 헌터의 자유 아닌가요?"

정진은 뭔가 이상해 물었다.

자신이 알기로는 클랜에서 헌터의 권리를 침해하는 것은 불법이었다.

하지만 세상일이라는 게 어디 법대로만 돌아간다던가.

이정진은 곧 그에 얽힌 내막을 말해주었다.

"뭐, 네 말대로 기본적으로 그렇지. 나도 아직 자세한 사정은 듣지 못했지만, 아무래도 소속 클랜에 빚이 좀 있는 것 같아."

"그럼 빚을 갚으면 되지 않나요?"

정진은 이야기를 듣고도 도저히 이해가 가지 않아 물어보았다.

"그렇긴 한데, 그게 쉽지만은 않나 봐. 게다가 그 클랜이 좀 악질이라 빠져나오는 것이 쉽지 않다고 해."

이정진은 결국 두루뭉술하게 설명할 수밖에 없었다.

클랜마다 헌터와 계약 조건이 다르고, 또 그 이면에 어떤 단서가 붙어 있는지 알 수 없는 노릇이기 때문이었다.

"일단은 너와 나, 그리고 지웅이랑 애네들까지 다섯 명이 한 팀이라고 생각하고 있자."

"네. 뭐, 숫자야 그리 중요한 것이 아니고, 믿을 수 있는 동료가 중요하니까요."

정진은 말을 하면서 강현성 형제를 다시 한 번 돌아보았다.

아직은 어떻다 판단 내리기가 어렵긴 하지만, 그렇다고 해서 문제될 것은 없었다.

마음에 들지 않으면, 그때 가서 달리 길을 가도 될 일이었다.

어차피 자신은 타라칸과 단둘이서 몬스터를 잡으러 다녀도 위험할 게 없었다.

당연히 아쉬울 게 없으니 절로 자신감이 넘쳐흘렀다.

물론 그러한 사정을 모르는 강현성 형제는 자신만만해하는 정진의 모습에 걱정이 들었다.

이정진에게 대충 이야기를 듣기는 했지만, 왠지 정진이 철부지 같아 보인 탓이었다.

그렇게 네 사람이 서로에 대해 알아가기 위해 이런저런 이야기를 해 나갈 때였다.

김지웅이 약간은 어두운 얼굴을 한 채 카페의 문을 열고 안으로 들어섰다.

"어휴, 덥다."

지웅은 자리에 앉자마자 바로 앓는 소리를 냈다.

"자웅이 형, 어서 와요."

"그래, 그동안 잘 지냈냐? 아, 잠시만. 나 우선 시원한 것 하나 시키고 올게."

지웅은 말릴 틈도 없이 혼자 이야기를 쏟아내더니, 다시 음료를 주문하러 카운터로 향했다.

무슨 낮도깨비마냥 종잡을 수 없는 지웅의 모습에 다른 사람들은 멀뚱히 그의 뒷모습만 쳐다보았다.

잠시 뒤, 냉커피를 들고 온 지웅은 그제야 이 자리에 이정진과 정진만 있는 것이 아니란 것을 깨달았다.

"아이고, 이거… 제가 다른 사람이 있는 줄도 모르고 실례를 했네요."

하지만 여전히 넉살 좋은 태도는 다를 게 없었다.

"아니야. 밖이 무지 덥지?"

"아유, 말도 마세요. 무슨 날씨가 이리도 더운지……. 그런데 여기 두 분은 누구십니까?"

지웅은 옆자리에 앉아 있는 강현성 형제를 보며 물었다.

"아, 인사해. 여긴 강현성이고, 이쪽은 동생인 강진성. 현성이는 너하고 동갑이고, 진성이는 두 살 어려."

"아, 그래요? 반갑습니다, 전 김지웅이라고 합니다. 저랑 나이가 같다고 하니 앞으로 친하게 지내요."

"예, 강현성입니다."

"전 동생인 강진성입니다. 형님, 잘 부탁드립니다."

서로 통성명을 마치자 정진이 궁금해하던 것을 바로 물었다.

"지웅이 형, 그렇지 않아도 마침 형 이야기를 하고 있었어요."

"엉? 무슨 이야기?"

"형도 우리 팀원으로 한 분 섭외하셨다면서요?"

"아, 그래. 그런데 현재 사정 때문에 당분간 빠져나올 수가 없다고 하네."

지웅은 말을 하면서도 마음에 안 드는 것이 있는지 인상을 찌푸렸다.

그러고는 생각할수록 가슴이 타는지 냉커피를 벌컥 들이켰다.

"아, 젠장. 생각할수록 화나네?"

네 사람은 지웅의 변화무쌍한 태도 변화에 어이가 없었다.

다만, 무언가 고민이 있다는 것은 충분히 짐작할 수 있었다.

"뭣 때문에 그렇게 화가 난 거야?"

결국 가장 연장자인 이정진이 나서서 자초지종을 물었다.

"아, 그게 말이죠… 전에 말씀드린 제 친구 이야긴데 말입니다……."

지웅은 기다렸다는 듯 얼른 이야기를 풀어냈다.

이야기가 모두 끝나자 지웅을 제외한 네 사람도 어이없다는 표정을 지을 수밖에 없었다.

"아니, 그게 도대체 말이 되는 소리야? 사냥 중에 장비가 고장난 걸 왜 헌터에게 따져? 그래, 그 사람은 헌터 협회에 신고는 했대?"

이정진은 마치 자신의 일인 양 무척이나 화가 난 목소리로 따져 물었다.

하지만 지웅은 그저 한숨만을 내쉴 뿐이었다.

"예, 저도 당연히 그렇게 말을 했죠. 그런데 어쩔 수가 없답니다."

"뭐? 아니, 왜?"

"저도 궁금하네요. 헌터 협회라면 당연히 헌터의 입장을 보호해 줘야 하는 것 아닌가요?"

"그 친구 말이… 그 클랜의 수장이 헌터 협회 부회장 라인이라고 하더라구요."

"이런 젠장……."

"……."

무언가 알아차린 듯 욕설을 내뱉는 이정진과 달리 정진은 그 의미를 알아차릴 수가 없었다.

대체 그게 무슨 상관이 있는 것인지, 헌터 경험이 전무한 그로서는 알아듣기가 힘들었다.

하지만 자신을 제외한 이정진과 김지웅, 그리고 강현성 형제들의 표정이 어둡다는 것을 알아차리고는 무언가 내막이 있으리라 짐작할 뿐이었다.

정진의 예측대로 이정진을 비롯한 네 사람은 헌터 계통에서 벌어지는 불합리한 관행에 대해 잘 알고 있었다.

몇몇 헌터 클랜들은 헌터 협회 간부에게 선을 대 자신에게 불리한 일을 벌이는 경우가 종종 있었다.

그러다 보니 힘이 없는 헌터들로서는 클랜에서 불이익을 당해도 아무런 항의도 하지 못하는 게 현실이었다.

만약 헌터 클랜에 찍히기라도 한다면, 그 순간 그는 헌터로서의 일을 포기해야만 했다.

그럴 정도로 헌터 클랜의 위세는 대단했다.

헌터 세계의 이면에 불합리한 처사가 있음을 이제야 알게 된 정진은 화가 났다.

"그거, 제가 한 번 알아볼게요. 마침 이번에 헌터 협회 간부 한 명을 알게 되었는데, 뭔가 도움을 얻을 수 있을 것 같아요."

"그래? 그럼 네가 한 번 알아봐 줘. 내 친구 이름이 뭐냐면……."

새로운 팀원 영입에 대한 이야기가 어느 정도 마무리되자 일행은 앞으로의 예정에 대한 의논에 들어갔다.

"일단 장비는 본인이 각자 알아서 챙기는 걸로 하자."

아직은 파티 구성의 초반인지라 구성원의 각자의 장비를 챙길 여유 자금이 없었다.

그래서 이정진은 일단 첫 사냥의 장비는 각자가 갖추기로 정하였다.

나중에 어느 정도 손발이 맞고 팀에 유보금이 쌓이게 되면, 그때 제대로 된 장비를 구하면 될 일인 것이다.

"형님, 그런데 분배는……."

어느 정도 이야기가 마무리되어 갈 즈음, 강현성이 조심스레 이야기를 꺼냈다.

사실 이 자리의 모두가 궁금해 하는 내용이었다.

하지만 무척이나 민감한 문제이다 보니 눈치가 보여 선뜻 말을 꺼내지 못하다가 강현성이 총대를 메고 나선 것이다.

사실 그에 대해서는 정진과 이정진은 이미 합의를 본 게 있었다.

각 개인당 균등하게 분배하되, 정진에게는 따로 타라칸의 몫으로 한 명분을 더 받기로 하였다.

"음, 조금 민감한 문제이기는 하지만, 일단 나중에 오해가 생기지 않게 확실하게 이야기해 주마. 우선 대략적인 계획은 인원수에 맞춰 분배를 해줄 거다. 그런데 정진에게는 한 명 몫을 더 줄 거야. 지금 당장은 자세한 이야기를 해줄 수 없지만, 정진이 한 사람 몫을 더 가진다고 해서 다른 사람들이 손해를 보는 것이 아니니 쓸데없는 걱정은 삼가라."

같은 팀을 이뤄 사냥을 한다고 해도 팀을 구성한 주체가 아닌데 균등한 분배를 해준다는 것은 확실히 좋은 조건이었다.

사실 다섯 명이 한 팀인 구성에서 나중에 참여한 사람은 지분이 적을 수밖에 없는 게 대개의 경우였다.

그렇기에 나름 합리적이고 타당하다고 여겼다.

그러나 그건 그거고, 궁금한 것은 궁금한 것.

어째서 정진이 한 사람 몫을 더 가져가야 하는 데 대한 궁금증은 남아 있었다.

"궁금해요?"

정진은 자신을 돌아보는 사람들의 시선에 부담이 되는지 망설이는 목소리로 물었다.

솔직히 헌터 자격증을 취득했다고 하지만, 겉으로 보기에 정진은 전혀 헌터라는 티가 나지 않았다.

어린 나이도 그렇지만, 헌터로서의 노련미 같은 게 전혀 느껴지지 않는 것이다.

하지만 처음 만난 자리에서 대놓고 묻기도 어려워 그냥 그러려니 넘어갔다.

정진 역시 자신에 대한 비밀을 털어놓아도 괜찮을지 확신 하기가 어려웠다.

이정진이나 김지웅은 흰머리산 던전으로 향하면서 함 께한 경험이 있지만, 강현성 형제는 처음 만난 사이였 다.

아무리 이정진이 믿고 끌어들인 이들이라지만, 그래도 선 뜻 비밀을 털어놓기가 망설여진 것이다.

하지만 어차피 함께하기로 마음먹은 이상, 비밀을 감추고 있다는 것은 좋지 않다는 생각이 들었다.

게다가 몬스터 사냥을 하게 되면 자연스레 알게 될 사실 이니, 조금 빨리 얘기를 한다 해서 나쁠 것은 없겠다는 마 음도 한몫했다.

결심을 굳힌 정진은 자세를 바로 하고는 침착하게 이야기 를 꺼냈다.

"이건… 어디 가서 이야기하면 절대 안 돼요."

정진의 말에 세 사람은 고개를 끄덕였다.

정진은 한숨을 한 번 쉬고는 뉴 어스에서 자신이 겪은 이야기를 간단하게 요약하여 들려주었다.

한참 동안 정진의 이야기를 들으며 김지웅과 강현성, 강진성은 크게 입을 벌린 채 경악하였다.

"그, 그럼… 뉴 어스에서 이계인들을 만났다는 말이야?"

"네. 지하 동굴을 헤매다 죽을 뻔했는데, 그곳에서 스승님들을 만났어요."

말을 하던 정진은 문득 젝토르와 제라드의 모습이 떠올랐다.

'스승님들은 어떻게 되셨을까? 지금쯤 아케인 아카데미는 사라졌겠지?'

정진은 두 사람에 대한 그리움이 솟구쳤다.

김지웅을 비롯한 세 사람은 정진이 아련한 표정을 짓자 선뜻 말을 걸 수가 없었다.

잠시 회상에 젖어 있던 정진은 얼른 말을 이었다.

"비록 겉으로 보기에는 부실해 보일지 몰라도 제게는 마법이 있으니 한 사람 몫은 충분히 할 수 있어요. 그리고 스승님들께서 제 안전을 위해 강력한 가디언을 붙여주셨어요."

"가디언?"

"예, 이정진 형님은 이미 본 적이 있으시니 알 거예요.

제 말이 결코 거짓이 아니라는걸요."

정진이 한쪽 옆에서 음료를 마시고 있는 이정진을 가리켰다.

그러자 이번에는 세 사람의 시선이 다시 이정진에게 옮겨 갔다.

"맞아, 사실이야. 정진이 몫을 2인분으로 책정한 이유가 바로 그것 때문이지."

이정진은 비밀을 털어놓아 속 시원하다는 듯 거침없이 말을 이어 나갔다.

"사실 정진이는 이렇게 팀을 꾸릴 이유가 없어. 왜냐면 가디언하고 둘이서 사냥을 해도 아무런 어려움이 없으니까 말이야. 오히려 그게 이 녀석 입장에서는 돈을 벌기에 더 좋아. 다만, 정진이 우릴 껴주는 이유가… 다른 사람들에게 괜한 의심을 받지 않기 위해서지."

김지웅을 비롯해 세 사람은 이제 더 놀랄 정신도 없었다.

이계인에 대한 이야기도 충분히 놀라웠지만, 거기에 마법과 가디언의 존재까지 듣게 되니 정신을 차릴 수가 없었다.

그야말로 머릿속이 포화 상태였다.

하지만 거짓이라 치부할 수도 없는 것이, 이야기를 하는 이정진의 태도는 더없이 진지했다.

사실 말이 나왔으니 말인데, 아무리 많은 경험을 가진 이정진이라 해도 뉴 어스에서 홀로 낙오된다면 살아남는다는 것은 거의 불가능한 일이었다.

김지웅이 이정진을 처음 만났을 때 놀란 것도 그 이유 때문이었다.

그가 알기로도 이정진은 분명 탐사대에서 낙오되었다.

그렇기에 죽었을 거라 확신했는데, 이곳 헌터 협회에서 멀쩡한 모습을 보게 되었으니 자신의 두 눈을 의심할 수밖에 없던 것이다.

한데 드러난 진상은 그보다 더 놀라웠다.

무사히 지구로 돌아온 것만이 아니라, 그 와중에 몬스터까지 사냥하며 많은 마정석을 얻었다는 것이다.

그것은 결코 헌터 두 사람이 해낼 수 있는 일이 아니었다.

그리고 이제 그 이유를 알 수 있었다.

마법과 가디언.

지금껏 전혀 들어본 적 없는 이야기였다.

"그 마법이란 것 말이야, 소설이나 영화에 나오는 것 같은 거냐? 지팡이 들고, 주문 외우고 하는 거 말이야."

김지웅의 호기심 어린 질문에 정진은 미소를 지으며 답을 해주었다.

"맞아요. 그런 것도 하고, 또 아티팩트라고 불리는 마법 아이템도 만들기도 하고 그래요."

"아티팩트를 네가 만들 수 있다고?"

조금 전까지만 해도 뒤로 빠져 이야기를 듣고 있던 이정진까지 끼어들어 물었다.

정진이 마법을 사용하고 강력한 가디언이 있어 몬스터 사냥이 수월하다는 것은 알고 있었지만, 마법 아이템까지 만들 수 있다는 것은 처음 알았기 때문이다.

헌터들에게 가장 돈이 되는 것은 뭐니 뭐니 해도 아티팩트였다.

마정석이 비싼 값에 팔리고 몬스터의 부산물이 돈이 되기는 하지만, 던전에서 발굴되는 아티팩트야말로 헌터들에게 인생역전의 로또와 같았다.

그런데 정진의 말은 방금 로또를 찍어낸다고 한 것이나 다름없으니 이들이 놀라는 것은 당연한 것이었다.

"아직 실력이 좋질 못해서 좋은 것은 힘들지만, 하급 아티팩트 정도는 재료만 주어진다면 만들 수 있어요."

정진은 별거 아니란 듯 가볍게 말을 했다.

하지만 그건 절대로 쉬운 일이 아니었다.

그로 인해 이정진의 표정이 잔뜩 굳어졌다.

Chapter 7

팀 아케인

"조심해! 야! 지금 뭐하는 거야! 정신 안 차릴래!"

거대한 물류창고.

크레인에 연결된 굵은 쇠사슬이 거대한 상자를 끌어 올리고 있었다.

작업반장은 뭐가 그리 불만인지 큰소리를 지르며 작업자들에게 주의를 주었다.

그 모습을 조금 떨어진 곳에서 일단의 사람들이 지켜보고 있었다.

"저게 이계의 대몬스터 병기란 말이지?"

노란 머리의 백인이 중얼거리자 그 옆에 있던 남자가 대답을 하였다.

"그렇습니다. 저희는 자체적으로 타이탄이라 부르고 있습니다."

"타이탄, 타이탄이라… 어울리는 이름이군."

미국 군수 업체인 레기온 인더스트리의 제임스 스튜어트 부사장은 트레일러에 실리고 있는 커다란 상자를 보며 눈을 반짝였다.

레기온 인더스트리는 200년의 전통을 가진 미국 국적의 군수 업체로, 미국의 남북전쟁 당시 북군의 편에 서 엄청난 부를 축적하였다.

이후 막대한 자본을 바탕으로 로비를 벌여 미군의 군수 공급을 맡게 된 레기온 인더스트리는 탄탄대로를 걸었다.

군함을 비롯해 각종 전투기 등을 생산하며 그 영향력을 더욱 키워낸 것이다.

세계는 여전히 각종 분쟁이 시도 때도 없이 발생했고, 그것을 바탕으로 레기온 인더스트리가 성장하는 데는 아무런 어려움도 없었다.

그리고 게이트 출현 이후…….

레기온 인더스트리는 그야말로 잭 팟을 터트렸다.

오랜 기간 쌓아온 전투 물자 생산 노하우는 대몬스터용

무기에 있어서도 선도적인 지위를 보장해 주었다.

헌터의 필수품이라 할 수 있는 파워 슈트는 물론이고, 중형(重形) 이상의 몬스터를 사냥할 때 필수 불가결인 아머드 기어 생산에서도 결코 빼놓을 수 없는 업체인 것이다.

그런 레기온 인더스트리의 부사장이 지금 이곳에 있는 이유는 간단했다.

세계 최초로 온전한 형태의 타이탄이 발굴되었기 때문이다.

사실 널리 알려지진 않았지만, 타이탄의 발견은 이번이 처음은 아니었다.

인류의 뉴 어스 진출 이후 많은 던전이 발견되었고, 그중에는 타이탄과 같은 유물이 발견된 경우도 있었다.

다만, 지금까지는 온전한 상태의 것이 없었기에 쉬쉬할 수밖에 없었다.

만약 불완전하긴 해도 타이탄과 같은 존재가 공개되었다면, 정보를 입수한 국가나 기업에서 가만히 있지 않았을 것이다.

어떻게든 그것을 활용해 유사한 제품을 만들어내려 할 것이고, 그렇게 되면 결국 수많은 경쟁자가 생기는 셈이었다.

당연히 유물을 발견한 국가나 클랜은 철저히 불문에 붙일 수밖에 없었다.

그러는 한편으로는 타이탄 생산을 독점적으로 하기 위해 비밀리에 연구에 매진했다.

한데 그러던 차에 이번에 노태 클랜이 온전한 형태의 타이탄을 발굴하게 된 것이다.

물론 노태 클랜도 타이탄 발굴 공개를 원하지는 않았다.

하지만 일 처리를 제대로 하지 못해 차현수 헌터 협회 부회장에게 약점을 잡혔고, 그로 인해 정부에 신고할 수밖에 없게 되어 타이탄의 존재가 세상에 알려지게 된 것이다.

얼떨결에 타이탄이란 유물을 얻게 된 대한민국 정부는 그야말로 기쁨을 만끽했다.

몬스터 사냥이 자원의 확보라는 측면에서 큰 비중을 차지하는 이때, 타이탄이란 존재는 다른 국가들보다 한발 앞서 나갈 수 있을 만큼 중요한 자원이었다.

하지만 힘이 없는 자가 가진 보물은 죄가 되기 마련이었다.

타이탄의 공개 이후, 대한민국 정부는 세계열강들로부터 노골적인 협박을 받게 되었다.

아직 본격적으로 연구에 들어가지도 못했는데, 눈뜨고 타이탄을 빼앗기게 된 셈이었다.

결국 자체적인 연구를 포기한 대한민국 정부는 경매를 통한 타이탄 판매를 천명했다.

물론 경매 자체도 요식행위에 불과했다.

사전에 미국 정부로부터 압력을 받았기에 낙찰 금액을 미리 정해놓고 진행한 것이었다.

그 결과, 가장 높은 낙찰 금액을 제시한 레기온 인더스트리가 세계 최초로 타이탄을 보유하게 되었다.

같은 시각.

일본에서 온 특별 수송선 한 척이 부산항에 들어와 한창 선적 작업을 하고 있었다.

놀랍게도 이들이 싣고 있는 것은 레기온 인더스트리에 판매된 것과 같은 타이탄이었다.

노태규 회장은 대한민국 정부가 미국의 압력에 굴복해 타이탄을 판매하기로 하자 연구에 대한 계획을 포기했다.

한 국가의 정부도 감당하지 못한 일인데, 노태 그룹이 몰래 타이탄 연구를 하다 비밀이 새어 나가기라도 한다면 그 후폭풍은 도저히 감당할 수가 없을 거라 판단에서였다.

결국 노태규 회장은 정부에 이실직고하며 비밀리에 판매처 알선을 요청했다.

대한민국 정부도 이미 전 세계로부터 감시의 눈길을 받고 있는 중이라 타이탄 추가 입수에 대한 정보는 엄중한 기밀을 유지했다.

그러고는 혹여나 빌미가 잡힐까 우려해 서둘러 판매를 진행했다.

비밀리에 진행된 거래라 선택지는 그리 많지 않았다.

평소 정부 인사와 유착 관계에 있던 일본의 미쓰비 중공업이 그 대상이 되었고, 거래는 순식간에 이루어졌다.

인천항.

삼엄한 경비 속에 선적 작업이 이루어지고 있는 현장.

묵묵히 진행되고 있는 작업 간에 입을 여는 이는 아무도 없었다.

마치 누군가에게 들키기라도 할까 싶어 최소한의 조명만이 밝혀진 채였다.

헌터 협회 차현수 부회장 또한 자신이 차지한 타이탄을 몰래 판매했다.

그가 선택한 판매처는 중국의 괴수 공업 총공사.

이렇듯 대한민국으로서는 세계 정상으로 우뚝 설 수 있는 기회를 스스로 차버리고 있었다.

✝   ✝   ✝

정진은 모처럼 가족들을 불러 모아 함께 저녁을 먹었다.

새로 구입한 저택은 정말 마음에 쏙 들었다.

예전에 살던 집 전체보다 넓은 식당은 절로 안정감을 느끼게 해주었고, 사시사철 느껴지던 습기와 곰팡이 냄새도 전혀 없었다.

이사를 온 지 벌써 일주일이 지났지만, 정말 믿어지지 않는 변화였다.

"아, 정말 꿈만 같아."

"나도 그렇게 생각해."

식사를 마치고 거실에 나와 과일을 먹으며 정수가 말했다.

정은 역시 달라진 환경이 잘 믿어지지 않는 듯했다.

아무래도 오랫동안 가난에 시달리다 보니 잘 실감이 되지 않는 것이었다.

"누나, 누나는 친구들에게 우리 집 구경 안 시켜줄 거야?"

"으응, 그게……."

정수는 벌써 친구들을 초대하여 한차례 자랑을 했다.

아직 철이 없어 큰 저택에 산다는 것이 마냥 좋은 것이었다.

하지만 정은은 그럴 수가 없었다.

집을 자랑한다는 것이 속물적인 기분이 들어 내키지도 않지만, 이 저택을 구한 정진에게 미안한 마음이 들어서였다.

정진이 뉴 어스에 다녀온 후, 가세는 급격히 폈다.

무슨 일을 했는지는 모르겠지만, 무척이나 위험한 일임은 분명했다.

마법을 배웠다고 하면서 얼마 전에는 헌터 자격증까지 땄지만, 정은으로서는 그래도 불안한 마음이 사라지질 않았다.

왜 그렇지 않겠는가.

아버지도 한때 잘나가던 헌터였지만, 한순간 부상을 입어 순식간에 가정이 몰락했는데.

정진은 걱정 말라며 자신만만해했지만, 헌터가 얼마나 위험한 직업인지 알고 있는 정은으로서는 당연한 걱정이었다.

뉴스만 봐도 헌터들의 사망 소식이 그리 드문 일이 아니었다.

큰돈을 번다는 화려함 뒤에는 목숨을 걸어야 한다는 위험이 잠재해 있는 것이다.

그러니 정진이 힘들게 벌어온 돈으로 장만한 집을 철딱서니 없이 자랑한다는 것이 옳지 않다고 느껴졌다.

"그래, 이참에 정은이도 친구들 불러서 집 구경도 시켜주고 해."

마침 샤워를 마치고 거실로 나오던 정진이 정수의 이야기를 듣고는 맞장구를 쳤다.

그동안 어려운 형편 탓에 친구들과 변변히 어울리지도 못한 정은이다 보니 조금은 여유를 가졌으면 하는 바람에서였다.

"아니야. 무슨 집 구경을 시켜줘."

"뭐, 어때. 이렇게 넓고 정원까지 있는 집에 사는 것이 쉬운 줄 알아?"

정은이 계속 뒤로 빼자 정수가 나서서 압박했다.

사실 정은과 정수는 현재 같은 학교에 다니고 있었다.

가난 탓에 친구들과 잘 어울리지 못하던 정수는 이사를

한 다음 날 학교에 가자마자 자랑을 했다.

덕분에 몇몇 아이가 정수를 저희들 무리에 껴주었다.

그러니 정수는 정은도 잘산다는 모습을 보여주길 원했다.

하지만 정은은 그런 우정은 의미가 없다는 것을 잘 알고 있었다.

가정 형편에 따라 무리에 끼워준다는 것은 언제든 틀어질 수 있는 관계에 불과한 것이다.

그런 이치를 모르는 정수가 안타깝긴 하지만, 모처럼 좋은 기분을 망치고 싶지 않아 그저 미소만 지을 뿐이었다.

똑똑.

"아버지, 정진입니다."

"그래, 들어와라."

정진이 안방으로 들어서 보니 수현은 가볍게 스트레칭을 하고 있었다.

정진의 마법 치료로 부상은 거의 다 나았지만, 오랜 기간 제대로 움직이지 못했던 근육을 풀어주기 위해선 꾸준히 운동을 해줘야만 했다.

사실 수현이 이렇게 빠르게 회복을 할 수 있던 데는 이유가 있었다.

예전 헌터 시절, 마정석의 정제액을 주입한 것이 많은 도움이 되어주었기 때문이다.

수현의 몸속에 남아 있던 정제액이 정진의 치료 마법과 시너지 효과를 일으켜 끊어진 근육세포와 인대, 그리고 뒤틀린 채 굳어버린 뼈가 제자리를 찾게 해주었다.

그 후, 수현은 하루도 빠지지 않고 스트레칭을 해왔다.

하루라도 빨리 몸을 회복해야 헌터로 복귀할 수 있기 때문이다.

지금 수현의 몸 상태는 예전의 70% 정도.

아직 갈 길이 멀지만, 꾸준히 몸을 움직여 신경을 자극하고 근육을 되살린다면 머지않아 목표를 이룰 수 있을 것이라 생각했다.

그것이 힘들게 일하는 정진을 조금이나마 도울 수 있는 일이었다.

"그래, 무슨 일이냐?"

"예. 다름이 아니라… 조만간 뉴 어스에 다녀오려고요."

"뭐? 뉴 어스로 간다고?"

"예."

정진은 자신이 준비한 계획을 아버지에게 들려주었다.

이미 팀까지 만든 상황.

뿐만 아니라 정진이 몬스터 사냥을 하려는 것은 가족의 생계를 위해서만은 아니었다.

자신에게는 주어진 의무가 있었다.

아케인의 마도를 계승하고, 널리 펼쳐야 했다.

그러니 마법 능력을 향상시키기 위해선 몬스터 사냥은 필수였다.

몬스터가 게이트를 통해 지구로 넘어오기도 하지만, 그것은 언제 발생할지 모를 일이었다.

그런 일을 하염없이 기다릴 수는 없는 게 정진의 입장이었다.

조금 위험하더라도 뉴 어스에 가서 몬스터를 사냥하고, 또 필요한 광석이나 식물도 채취해야만 했다.

정진의 이야기를 들은 수현은 묵묵히 고개를 끄덕였다.

수현이 이제껏 봐온 정진은 책임감이 강해 한 번 약속한 것은 철저히 지켰다.

그러니 자신이 지금 말린다 해도 결심을 돌리기는 어려울 터였다.

"알겠다. 다만, 약속 한 가지만 해다오."

"네, 아버지"

"절대 다치지 말고… 무사히 돌아오라는 것이다."

수현은 헌터에게 부상이 얼마나 큰 불행으로 다가오는지 잘 알았다.

어찌 안 그렇겠는가.

자신의 부상으로 가족들이 불행해졌는데.

그렇기에 정진이 괜히 욕심을 부려 무리한 사냥을 하지 않고, 그저 무사히 가족의 품으로 돌아올 것을 원했다.

아버지의 마음을 절절히 느낀 정진은 굳은 표정으로 단호하게 대답을 하였다.

"그건 걱정하지 마세요. 절대 무리하지 않을게요."

"알겠다."

거실로 나온 정진은 동생들의 어색한 분위기에 고개를 갸웃했다.

"왜 그래? 무슨 일 있어?"

"오빠, 또 뉴 어스에 가는 거야?"

"그래, 형. 가지 마."

이야기를 엿들었는지 정은과 정수는 표정에서 불안함을 지우지 못했다.

모처럼 큰 저택으로 이사도 오고, 이제 남부럽지 않게 살 수 있을 것 같은데, 정진이 사고라도 당하면 다시 불행이 찾아올까 두려운 것이었다.

정진은 자신을 걱정하는 동생들의 모습에 가슴 한편이 아려왔다.

마음 같아서는 걱정 말라고 당당하게 말해주고 싶었다.

하지만 뉴 어스는 언제 어떤 일이 벌어질지 모르는 곳이다.

말뿐인 위안은 아무 의미가 없기에 그저 행동으로 보여주는 수밖에…….

조용히 두 사람을 안아주는 정진이었다.

"오빠!"

"형!"

"너무 걱정하지 마. 난 이 세상에 유일의 마법사잖아. 그리고 전에 말했지? 내게는 강력한 가디언이 붙어 있다고. 그러니 걱정할 것 전혀 없어. 너희들은 그저 공부 열심히 하고, 친구들과 잘 지내면 돼. 알았지?"

동생들은 다독여 안심시킨 정진은 지하실로 향했다.

집을 구입하며 보강 작업을 진행한 지하실은 공사가 끝나 있었다.

덕분에 지하실은 마법 실험의 폭발을 견딜 정도로 튼튼한 상태였다.

일부러 많은 예산을 투자한 만큼의 성과가 느껴지는 듯해 정진은 주변을 둘러보며 만족스러워했다.

비록 아케인 아카데미의 실험실과는 비교할 수 없겠지만, 그래도 당장 사용하기에는 큰 무리가 없었다.

사실 이 지하실에는 가족들도 모르는 비밀 한 가지가 있었다.

그것은 바로 마나 집적진.

정진은 제라드가 챙겨준 각종 마법 재료와 마정석을 아낌없이 투입했다.

사실 지구에도 마나가 전혀 없는 것은 아니었다.

자연환경이 많이 훼손된 탓에 희박하긴 하지만, 그렇다고 마나가 없는 것은 아니었다.

마나라 불리는 자연 에너지는 생명체가 살아가는 데 없어선 안 될 중요한 것이다.

마나 집적진은 그런 마나를 한곳에 집중시켜 자연 에너지가 충만하게 만들어준다.

　고대 아케인의 국민들은 평범한 사람도 모두 마나를 느낄 정도로 마나의 축복을 받았다.

　하지만 극히 일부이긴 해도 마나를 느끼지 못하는 이들이 있었다.

　대다수의 사람들이 마나를 느낄 때, 그에 속하지 못한다면 자연스레 도태될 수밖에 없다.

　마나 집적진을 만든 마법사는 마나를 느끼지 못하는 아들을 위해 연구에 매진했다.

　그리고 아들을 위한 마법사의 집념은 결국 마나 집적진이라는 위대한 업적을 이루어냈다.

　마나를 끌어모으는 마나 집적진은 마나 감응 부적격자들이 마나를 느끼게 해주는 것뿐 아니라 많은 마나를 쌓을 수 있는 데도 획기적인 효과를 선사했다.

　그 후, 아케인 제국의 황제는 마나 집적진의 효율을 더욱 높일 수 있게 개량하라는 명령을 아케인 아카데미에 하달하였다.

　그런 것이 세월이 흘러 아케인 아카데미의 마지막 계승자인 정진의 손에 들어오게 되었다.

　그리고 이곳 지구에 처음으로 설치되었다.

비록 적은 양이지만 마나는 꾸준히 쌓여갔고, 정진의 가족들 몸에 자연스럽게 쌓이게 될 것이다.

✝　　　　✝　　　　✝

날이 밝자 정진은 헌터 협회를 찾았다.

전날 김지웅을 통해 알게 된 헌터의 구제 방안을 알아보기 위해서였다.

정진은 우선 도움이 필요하면 언제든지 찾아오라던 이기동 부장의 말을 떠올리며 그를 찾았다.

"실례합니다."

"어서 오세요. 무엇을 도와드릴까요?"

"혹시 이기동 부장님 출근하셨습니까?"

"무슨 용무로 그분을 찾는 것인지 알 수 있겠습니까?"

"아, 네. 전 7급 헌터로, 이름은 정정진이라고 합니다. 일전에 이기동 부장님께서 도움이 필요하면 찾아오라고 하셔서요."

정진은 이기동 부장의 명함을 내밀었다.

명함 한쪽에는 이기동 부장의 사진이 있어 정진의 말을 뒷받침해 주었다.

"잠시만 기다려 주십시오."

직원은 데스크 하단에 있는 단말기를 두드리더니, 곧 답변을 해주었다.

"예. 이기동 부장님께선 출근을 하셨습니다. 4층으로 올라가십시오."

"감사합니다."

신규 헌터 관리부.

엘리베이터에서 내린 정진의 눈에 커다란 푯말이 보였다.

똑똑.

사무실 문 앞에 선 정진은 노크를 하였다.

"들어오세요."

정진은 조심스럽게 문을 열고 안으로 들어갔다.

"실례합니다."

"어떻게 오셨습니까?"

"아, 예. 이기동 부장님을 좀 뵈러 왔습니다."

"약속은 하고 오셨습니까?"

"아니요. 그런데 전에 이기동 부장님께서 도움이 필요하면 언제든 찾아오라고 하셔서……."

괜히 눈치가 보인 정진은 뒤로 갈수록 목소리가 줄어들더니, 급기야 말끝을 얼버무리고 말았다.

직원은 잠시 정진을 바라보더니, 한숨을 쉬었다.

"휴, 잠시만요. 누구시라고 할까요?"

이런 일이 가끔 있는지, 직원은 별다른 말 없이 신원을 물었다.

그런 직원의 모습에서 정진은 이기동이 다른 보통 사람들과 조금 다른 기질의 사람이란 것을 알 수 있었다.

"아, 전 정정진이라고 합니다. 뉴 어스의 정글에서 낙오되었다가 생환했고, 또 며칠 전에 헌터 시험을 봐 7급 자격을 획득한 정정진이라고 하시면 아실 것입니다."

정진은 혹시나 기억하지 못할지도 모른다는 불안감에 자신에 대해 자세히 들려주었다.

직원은 힐끔 정진을 한 번 바라보더니, 인터폰을 들어 그대로 말을 전달하였다.

"부장님, 손님이 오셨습니다. 정정진이라는 7급 헌터입니다."

정진이 장황하게 설명한 것과 달리 직원의 말은 간결하기 그지없었다.

"…알겠습니다."

통화를 마친 직원은 정진에게 부장실을 가리켰다.

"안으로 들어오시랍니다."

"감사합니다."

"오, 정정진 헌터. 어서 오세요."

"아, 예. 안녕하셨습니까."

며칠 만에 보는 것이지만, 이기동 부장은 무척이나 반갑게 정진을 맞이했다.

사실 정진으로서는 그의 환대가 잘 적응이 되지 않았다.

물론 첫 대면이 그리 좋지만은 않아 관계를 개선하려는 이유가 있겠지만, 그래도 좀 과한 면이 없잖아 느껴졌다.

"이쪽으로 앉으시죠."

"그래, 어쩐 일로 절 찾아오셨습니까?"

소파로 정진을 안내한 이기동은 바로 본론을 꺼냈다.

정진 역시 말을 돌리지 않고 바로 입을 열었다.

어찌 되었든 부탁을 하러 온 입장이니, 괜히 흐트러진 모습으로 인해 부정적인 이미지를 심어주지 않기 위해서였다.

"예. 사실 좀 난처한 일이 생겨 부탁을 드리려고 합니다."

조심스레 입을 뗀 정진은 이기동 부장의 표정을 살피며 말을 이어 나갔다.

"이번에 뉴 어스로 사냥을 나갈 헌터 팀이 구성되었습니다. 그래서 구성원으로 영입하려는 싶은 분이 있는데, 그분이 불공정 계약으로 인해 소속 클랜에서 탈퇴하지 못하고 있습니다."

정진의 이야기를 듣고 난 이기동의 표정이 보기 싫게 구겨졌다.

'또 차현수 부회장 라인이 문제를 일으켰군.'

이기동은 정진의 이야기를 듣자마자 어떻게 된 사연인지 알 수 있었다.

전에도 비슷한 문제로 헌터 협회에서 감사를 실시한 적이 있었다.

당시 많은 헌터 클랜이 소속 헌터와 불공정 계약을 한 사실이 드러나 커다란 소란이 벌어졌다.

우월적 지위를 이용한 헌터 클랜의 헌터에 대한 착취는 현대판 노예제라 불릴 정도로 그 착취 정도가 심했던 것이다.

수익의 반을 가져가는 것은 물론이고, 장비 강매가 빈번했다.

마치 프랜차이즈 대리점에 대한 갑질을 하는 기업 구조와 아주 흡사하였다.

헌터 클랜 중 일부는 장비 대여는 물론이고, 장비 구입을 하는 헌터에게까지 특정 상점의 물품에 대한 구입을 강요했다.

표면적으로는 통일된 장비를 사용함으로써 소속감과 몬스터 사냥의 효율성을 높인다는 변명을 하지만, 실상은 특정 헌터 장비 생산 업체와 손을 잡고 이득을 취하는 행위였다.

헌터 협회는 이러한 헌터 클랜의 횡포를 포착하고 문제점을 개선하기 위해 노력하였지만, 아직까지 그 뿌리가 온전히 뽑히지 못했다.

공공 기관인 헌터 협회가 나섰음에도 이런 불공정한 부당거래가 뿌리 뽑히지 않은 이유는 사실 헌터 협회 간부들이 두루 연관이 있었기 때문이다.

헌터 협회 간부와 헌터 클랜, 그리고 헌터 장비를 생산하는 기업과 얽힌 사슬로 인해 그 뿌리를 뽑는 데 실패한 것이다.

헌터 협회 내부에서도 누가 그런 공생 관계를 이루고 있는지 다들 알고 있었다.

하지만 그것을 겉으로 드러낼 수가 없었다.

이런 커넥션이 이들만으로 끝나는 것이 아니라 정치권까

지 연관되어 있기에 수면 위로 꺼낼 수 없는 것이다.

만약 사건이 수면 위로 부상을 한다면, 그건 정치권에 뭔가 변화가 있을 때 시선 회피용으로 사용될 때뿐이었다.

그런데 지금 여러 곳에서 주시하고 있는 정진이 그 문제를 가지고 자신을 찾아왔다.

사실 정진은 모르고 있지만, 그는 현재 대한민국을 이끄는 상류층에서 주목 받고 있는 입장이었다.

타이탄의 최초 발견자, 이계인과 최초로 접촉을 한 사람, 이계인에게 이계의 학문(마법)을 배워온 자 등 여러 가지 수식어로 불리며 많은 사람의 관심이 정진에게 쏠렸다.

그중에서도 정진을 가장 주목하는 이유는 뭐니 뭐니 해도 낙오된 후 생환했다는 점이었다.

물론 이계인을 만난 것이나 이계의 학문을 배워온 것도 주목할 부분이지만, 아직은 현실적으로 어떤 도움을 줄 수 있는지 증명된 것이 없었다.

그렇기에 그 부분에 대해서는 학자들 제외하고는 그다지 관심도가 높지 않지만, 뉴 어스에서 낙오된 뒤 생환한 것은 달랐다.

뉴 어스와 지구가 차원 게이트로 연결된 지도 어언 30여 년이 되었다.

하지만 인간의 활동 영역은 게이트 인근에 설치한 쉘터를 멀리 벗어나지 못하고 있다.

쉘터에서 최대 10일 거리 이상은 생존을 장담할 수 없는 것이다.

그 때문에 아무리 대규모 클랜이라고 해도 소속 헌터의 안전을 생각해 7일 이상 거리에 대한 헌팅 계획을 잡지 않았다.

그 이상 거리는 보통 던전이 발견되었을 때나 위험을 무릅쓰고 이동을 했다.

가끔 던전을 발견하게 되는 경우도 한탕을 노린 헌터들이 운이 좋아 발견하는 것이었다.

사실 게이트 인근의 쉘터에서 벗어나 교두보가 될 만한 거점을 마련하기 위해 세계 각국이 노력하지 않은 것은 아니다.

마정석과 몬스터 부산물이 현대 산업에 없어선 안 될 자원이 되면서 각국은 교두보를 마련하기 위해 애를 썼다.

하지만 그 어느 나라도 교두보를 만드는 데 성공하지 못했다.

초강대국 미국도, 마정석 수출 1위인 중국도 세컨드 캠프를 설치하는 것에는 고배를 마셨다.

그러다 보니 정진이 어떻게 생환할 수 있었는지 그 비밀을 알게 된다면 헌터들에게 큰 도움이 될 것이다.

헌터의 생존 능력이 향상되고 활동 영역이 넓어진다는 것의 그만큼 더 많은 몬스터 사냥을 할 수 있다는 의미이고, 결과적으로 자원 확보가 더욱 원활해진다는 소리였다.

그러니 당장 도움이 될 노하우를 얻기 위해 헌터 협회는 물론이고, 정부 각 기관이 눈치를 보고 있는 것이었다.

이기동 역시 정진과 좋은 관계를 유지하라는 헌터 협회장인 전기수의 특명을 받아 정진을 더욱 신경 썼다.

만약 다른 일반적인 헌터였다면 아무리 자격시험에서 뛰어난 성적을 보여주었다 해도 이렇게 아무 때만 만나진 못했을 것이 분명했다.

헌터 협회 부장이란 자리는 7등급 헌터가 아무 때나 찾아와 만날 수 있는 자리가 아니기 때문이다.

그런 사정을 전혀 알지 못하는 정진으로서는 그저 이기동이 권위적인 여느 사람들과 다르다 생각할 뿐이었다.

"제가 협회 차원에서 알아보겠습니다. 그럼 그 일만 처리하면 되는 것입니까?"

"아, 그것 말고 한 가지 더 있습니다. 이번에 결성된 몬스터 사냥 팀을 등록하겠습니다."

"알겠습니다. 잠시만 기대려 주십시오."

잠시 자리를 비운 이기동이 서류 한 장을 가지고 돌아왔다.

"이것을 작성해 주시면 됩니다."

정진은 이기동 부장이 건네준 서류 양식을 살펴보았다.

가장 위에는 제목이 쓰여 있고 그 밑으로 번호 등이 있었다.

"이곳, 그리고 이곳에 팀명과 구성원들의 이름과 헌터 보장 번호를 기입하면 됩니다."

정진은 이기동이 알려주는 곳에 꼼꼼하게 기입을 마쳤다.

이미 이정진에게 어떻게 등록하는지 자세하게 들었기에 실수하지는 않았다.

"여기 있습니다."

"네."

정진이 건넨 등록 서류를 살펴본 이기동은 작게 신음성을

냈다.

"음⋯⋯."

서류에 기입된 다섯 명의 헌터.

그중에는 정진과 함께 뉴 어스에서 생환한 이정진의 이름이 있었다.

"이분하고 같이하시게 되었군요."

"예. 뉴 서울 캠프로 복귀하는 동안 뜻이 맞아 앞으로도 함께하기로 약속했습니다."

"그렇군요."

이기동은 정진의 말을 들으면서 서류에 기재된 팀원들의 헌터 등급을 살펴보았다.

잘 알려진 헌터들은 아니지만, 등급이 그리 낮지 않았다.

아니, 오히려 높다고 볼 수 있었다.

사실 헌팅 팀이라 하면 초보 헌터들이 클랜에 들어가기 전에 경험을 쌓는 과정쯤으로 여겨지곤 했다.

그런데 팀장 역할인 이정진의 경우, 무려 6등급이나 되었다.

대한민국에서 6등급 헌터는 채 100명이 되지 않았다.

대형 클랜에서도 간부급 정도나 되어야 할 정도였다.

그리고 다른 헌터들도 모두 7등급 헌터로, 헌터 보장번

호로 확인한 결과, 최소 3년씩은 헌터로 활동한 이들이었
다.

몬스터 헌터로 3년을 활동했다는 것은 무척이나 대단한
일이었다.

한순간 삐끗해도 목숨이 왔다 갔다 하는 것이 바로 헌터
라는 직업이 가진 속성이었기에.

한데 그런 생활을 3년 이상 했다는 것은 그들의 능력이
얼마나 대단한 것인지 잘 알 수 있는 대목이었다.

수치로 보면 그 점은 더욱 명확하게 드러난다.

헌터 등록 1년 뒤의 생존률은 2/3, 2년째에는 절반만이
생존한다.

그런데다 오랜 기간 헌터 일을 한 사람 중에는 외상 후
스트레스 장애를 호소하는 이들도 많았다.

이정진 또한 그런 이유로 헌터 일을 중단하고 정부의 의
뢰를 받아 헌터 클랜을 감시하는 일을 하게 된 것이었다.

이기동은 이렇듯 베테랑들로 이루어진 헌팅 팀에 가입했
다는 것에 놀라며 초보 헌터인 정진의 인맥이 결코 부족하
지 않음을 깨달았다.

그런 이유로 이기동의 정진에 대한 관심도는 더욱 높아졌
다.

'팀 아케인이라… 헌터 사회에 뭔가 변화의 바람이 불어올 듯하군.'

꼼꼼히 서류를 살피는 이기동의 머릿속으로 무언가 알 수 없는 기대감이 생겨났다.

Chapter 8
몬스터 사냥

　일요일 아침.

　정진은 신림동 게이트로 향했다.

　현재 그의 복장은 일반적인 헌터의 것과는 무척이나 달랐
다.

　평범한 일상복 차림에 제라드가 선물한 완드가 허리춤에
꽂혀 있었다.

　그리고 그 위로 로브를 걸쳤다.

　겉으로 보기엔 그저 소풍을 가는 듯한 모습과 크게 다를
바가 없었다.

　가족들은 그에 무척이나 걱정을 하였다.

하지만 정진이 간단하게 마법 시범을 보여주자 우려는 금세 사라졌다.

나무에 로브를 걸쳐 놓고 파이어 볼을 날리는 간단한 시범이었다.

파이어 볼은 로브에 닿기도 전에 사라져 버렸다.

로브에 걸려 있는 오토 가드 마법의 효과였다.

사실 파이어 볼을 처음 본 가족들은 활활 타오르는 기세에 바짝 긴장을 했다.

그런데 위험해 보이는 파이어 볼이 한순간에 사라지자 로브의 대단함을 실감한 것이었다.

그제야 가족들은 정진에게 무사히 다녀오라며 인사를 건넸다.

신림동 게이트에 도착하니 팀 아케인의 멤버들은 미리 도착해 정진을 기다리고 있었다.

"지금 오냐?"

"네. 동생들이 걱정해서 안심시키고 오느라 늦었어요."

"잘했다. 가족들이 걱정하면 안 되지. 그런데 넌 그 정도로 되겠냐?"

김지웅은 너무도 단출한 정진의 복장에 걱정스러운 표정을 지었다.

그도 그럴 것이, 자신이나 다른 사람들은 비록 구형이긴 해도 파워 슈트를 착용하고 있었다.

뿐만 아니라 각자 특기에 따라 무장을 갖췄다.

일례로 가드 포지션의 강현성은 자신의 몸을 반 이상 가리는 커다란 타워 실드와 글라디우스를 착용하고 있었다.

그런데 강현성의 무장은 그뿐만이 아니었다.

등에 지고 있는 커다란 가방 밖으로 삐죽 튀어나와 있는 막대 자루.

특수하게 제작된 창의 손잡이였다.

아무래도 강현성은 고대 로마 군단의 마니아인 듯 전체적으로 로마 군단병의 모습을 하고 있었다.

그리고 그 옆에 서 있는 강진성의 경우에는 커다란 크로스 보우를 등에 지고 있었다.

물론 그 또한 보조 무기로 그의 형과 같은 글라디우스를 허리에 차고 있다.

팀 아케인의 임시 팀장을 맡은 이정진과 김지웅의 경우에도 철저한 무장은 기본인 듯했다.

이정진은 크기가 2m나 되는 그레이트 소드를, 김지웅은 단단하고 강력해 보이는 바스타드 소드를 갖추고 있었다.

둘 모두 허리에는 보조 무기로 단검 한 자루를, 가방에는 크로스 보우까지 준비했다.

이들이 얼마나 몬스터 사냥에 만전을 기하지는 잘 보여주는 모습이었다.

반면, 정진은 완드와 단검 한 자루, 그리고 약간의 식량 정도만 챙긴 상태였다.

"제 걱정은 하지 않으셔도 돼요. 그리고 뉴 어스에는 도착하면 제 가디언이 기다리고 있으니 염려 붙들어 매세요."

"그래, 다들 준비되었으면 어서 가자."

이정진은 멤버들을 인솔해 게이트 관리소로 걸어갔다.

게이트 앞에는 많은 사람들이 뉴 어스로 넘어가기 위해 준비를 하고 있었다.

정진은 순서를 기다리며 게이트 앞에 줄을 섰다.

둥!

게이트를 통과하는 정진의 머릿속으로 작은 진동이 울렸다.

"후흡, 하……"

정진은 깊게 심호흡을 하였다.

폐 속 가득 들어오는 뉴 어스의 신선한 공기는 정진의 심신을 새삼 일깨웠다.

뉴 어스의 대기에는 다량의 마나가 포함되어 있기에 절로 기분이 맑아지는 기분이었다.

"하아, 하아……."

"휴우……."

정진의 귓가로 다른 사람들의 가쁜 호흡소리가 들려왔다.

지구와는 다른 산소 농도로 인해 적응을 하기 위해서 조금 시간이 필요한 탓이었다.

"자, 준비되었으면 어서 움직이자."

정진 일행 뒤로도 계속해서 사람들이 넘어오고 있는 중이라 서둘러 움직여야 했다.

예전에 왔을 땐 노태 클랜에 소속된 터라 별다른 수속이 필요하지 않았다.

하지만 이번엔 몬스터 사냥이 목적이라 뉴 서울 헌터 지부에 신고를 해야만 했다.

베이스캠프를 출발해 사냥하기까지 대체적인 일정을 신고하여 만약의 사태에 대해 대비하는 것이다.

헌터 협회에서는 신고된 시간을 기준으로 헌터들의 생사를 판가름 한다.

물론 신고한 시간이 지났다고 무조건 사망 처리가 되는 것은 아니었다.

일주일 정도 유예기간을 두고 헌터의 복귀를 기다리는 것이다.

하지만 지금까지 그 기간을 넘기고 살아서 돌아온 이는 아무도 없었다.

관리소에서 사냥 등록을 마친 이정진은 일행을 이끌고 뉴 서울의 북문으로 향했다.

팀 아케인의 일행은 뉴 서울의 북문을 나와 한 시간여를 걸은 후, 적당한 공터가 나오자 휴식을 취했다.

"조용하네요."

강현성은 반합에 든 스프에 빵을 찍어 먹으며 경계심 가득한 목소리로 이야기를 꺼냈다.

이정진도 잠시 미간을 찌푸리며 주변을 둘러보았다.

너무도 적막한 분위기가 왠지 마음에 들지 않는 듯했다.

"디텍트 이블."

정진을 기점으로 동심원을 그리며 마법이 퍼져 나갔다.

"음……."

정진은 작게 신음을 흘렸다.

이정진의 우려가 들어맞았다.

언제 나타난 것인지 모르겠지만, 주변 일대에 적대적인

존재의 반응이 다수 포착되었다.

그리 강력한 존재는 아닌 듯했다.

다만, 일행보다 배는 많은 숫자였기에 조금 걱정이 되기는 했다.

"몬스터예요. 숫자는 열 마리 정도……."

정진은 자신이 파악한 정보를 이정진에게 알려주었다.

"알았다. 모두 식사를 중단하고 포지션을 짠다."

이런 일이 있을 때를 대비해 팀 아게인은 몇 가지 포지션을 준비했다.

탱커 역할을 하는 강현성이 전면에 서고, 근거리 딜러인 이진성과 김지웅이 좌우에, 그리고 한가운데 마법사인 정진이 자리하는 것이었다.

한편, 공터 주변의 수풀 속에서 습격을 준비하고 있는 몬스터는 바로 고블린이었다.

1.2m~1.5m의 작은 키를 가진 고블린은 뉴 어스에서 가장 밑바닥에 있는 몬스터에 해당되었다.

이들은 생존을 위해 부족 단위로 생활을 하고, 보통 10에서 30마리가 무리를 지어 사냥을 하였다.

원래 고블린들은 이 근처까지 사냥을 나오지는 않았다.

공터 주변은 고블린들이 돌아다니기에 위험한 탓이었다.

하지만 오늘은 모험을 할 수밖에 없었다.

얼마 전, 사냥에 나선 사냥대가 상위 몬스터들에게 몰살을 당했다.

고블린 족장은 곧장 경계 태세에 들어갔다.

그렇게 며칠이 흘러갔다.

추가적인 피해는 발생하지 않았지만, 사정은 시간이 지날수록 악화되어 갔다.

굶주림이 계속되자 부족 존립 자체가 위협 받게 된 것이다.

결국 고블린 족장은 결단을 내렸다.

자신이 직접 전사들을 이끌고 사냥에 나선 것이었다.

언제 닥쳐들지 모를 상위 몬스터의 습격에 대비하며 최대한 조심스럽게 사냥에 나섰다.

마침 다행스럽게도 떠돌이 오크 세 마리를 사냥할 수 있었다.

풍족하진 않지만 그 정도면 당장 배를 채울 수 있는 정도는 되었다.

마음이 들뜬 고블린들은 가벼운 발걸음으로 복귀를 하려 했다.

한데 그 순간, 어딘가에서 고소한 냄새가 풍겨왔다.

며칠간의 굶주림과 사냥을 성공했다는 성취감은 고블린들의 자신감을 높여주었다.

그리고 이끌리듯 이곳까지 오게 된 고블린들은 옹기종기 모여 식사를 하고 있는 인간들을 보게 되었다.

고블린 족장은 잠시 고민했다.

분명 숫자는 자신들이 더 많았다.

한데 뭔가 꺼림칙한 느낌 때문에 습격이 망설여졌다.

족장이 결정을 내리지 못하고 있자 주변에 있던 고블린이 재촉을 했다.

오크 사냥에 성공한 터라 눈에 뵈는 게 없는 것이었다.

결국 고블린 족장은 결정을 내렸다.

조금 걱정이 되긴 하지만, 어차피 오크 세 마리로는 부족하다는 판단이었다.

여세를 몰아 인간 다섯 명을 잡으면 그럭저럭 괜찮은 사냥이 될 거라 스스로를 납득시켰다.

하지만 그것이 고블린들을 죽음의 구렁텅이로 밀어 넣는 결정임을 지금 이 순간에는 아무도 알지 못했다.

끼호!

투다다닥, 다다닥!

수풀을 빠져나온 고블린들이 달려오는 모습이 보였다.

어떤 놈은 너무 급하게 뛰느라 제 몸을 가누지도 못하고 땅바닥에 구르기도 했다.

"아직 대기!"

하지만 팀 아케인은 이미 만반의 준비를 갖춘 상태였다.

"진성아, 선두의 몬스터를 처리해!"

피잉!

시위가 튕겨지는 소리와 함께 무언가가 공기를 가르며 날아갔다.

꽤액!

쏘아진 화살은 선두의 고블린은 물론이고, 그 뒤를 따르던 놈까지 함께 관통했다.

하지만 고블린들은 멈추지 않았다.

이미 오크 사냥을 성공적으로 마친 탓에 제대로 된 판단을 내리지 못하고 있었다.

그저 눈앞의 사냥감을 잡아야 한다는 일념만이 그들의 머릿속을 채우고 있는 것처럼 보였다.

미친 듯이 달려오는 고블린들을 보며 이번엔 정진이 나섰다.

"파이어 볼!"

정진의 입에서 시동어가 흘러나오며 자그마한 불덩이가 머리 위로 떠올랐다.

고블린들이 조금 더 다가오기를 기다리던 정진은 적당한 거리가 되자 주저 없이 파이어 볼을 쏘아냈다.

하지만 그게 끝이 아니었다.

"디비전!"

파이어 볼이 고블린 무리를 강타하기 직전, 정진은 다시 한 번 마법을 발동시켰다.

그러자 파이어 볼에 변화가 생겼다.

여덟 개로 분열한 것이다.

쾅! 쾌쾅! 쾅쾅!

끼악! 끼끼익!

파이어 볼에 직격당한 고블린들은 괴로운 비명을 지르며 땅바닥을 굴렀다.

팀 아케인의 멤버들은 어이가 없었다.

마법에 대한 이야기를 듣기는 했지만, 이렇게 대단한 위력을 가지고 있을 줄은 상상도 하지 못한 탓이었다.

나름 긴장하며 준비를 하고 있었는데, 집중력을 놓치고 말았다.

"뭐해! 어서 공격하지 않고!"

그 순간, 이정진이 소리쳤다.

아직 고블린들의 습격이 끝난 것이 아니니 긴장의 끈을 놓아서는 안 되었다.

그제야 다른 팀원들도 정신을 차렸다.

아직도 달려오는 고블린의 숫자는 일행들보다 많았다.

크로스 보우로 한 놈을 쓰러트린 김지웅은 땅에 박아놓았던 자신의 바스타드 소드를 움켜쥐고 자세를 잡았다.

그렇게 본격적인 전투에 들어가려는 찰나였다.

김지웅은 허무하게 바스타드 소드를 내려놓을 수밖에 없었다.

그 이유는 다시 한 번 시전된 정진의 마법 때문이었다.

"퓨리 오브 파이어!"

불꽃의 분노라는 이름처럼 이번에 발동된 마법은 그야말로 가차 없었다.

마치 기관포에서 포탄이 쏘아지듯 무수한 불덩이들이 날아갔다.

콰콰콰쾅! 쾅! 쾅!

고블린들은 머리 위로 불꽃 세례를 받으며 쓰러져 갔다.

휘잉!

한차례 마법이 휩쓸고 지나가자 한순간 장내가 조용해졌다.

괴성을 지르며 뛰어오던 고블린들은 이제 더 없었다.

대부분이 화염을 뒤집어쓰고 통구이가 되고 말았다.

"휘유!"

한순간에 20여 마리의 고블린들이 처리되자 강현성은 자신도 모르게 탄성을 터트렸다.

말로만 듣던 마법의 위력을 보게 되자 놀란 것이다.

"대단한데?"

"이게 진짜 마법의 위력인가? 정말 놀라워!"

강진성은 카페에서 정진이 마법을 익혔다는 말을 듣긴 했지만, 그다지 믿음을 갖지는 못했다.

더욱이 배워봐야 그리 긴 시간도 아닌데 얼마나 도움이 될지도 의문이었다.

그런데 직접 그 실체를 접하게 되자 놀람, 그 자체였다.

정진이 무엇 때문에 복장이 그렇게 단출한지 그제야 이해할 수 있었다.

자신들처럼 굳이 중무장을 할 필요가 없던 것이다.

"얼른 전장을 정리하고 마저 식사를 끝내자."

"알겠습니다."

이정진은 놀라고 있는 팀원들을 일깨우며 고블린들의 시체를 수습하였다.

"쳇, 역시나 쓰레기들이네요."

강진성은 자신의 앞에 놓인 고블린의 시체를 보며 투덜거렸다.

몬스터에게서 마정석을 채취하기 위해선 배를 가르고 심장을 꺼내 쪼개야 한다.

그런데 고블린의 시체에선 마정석이 나오지 않았다.

한마디로 꽝이란 소리였다.

물론 모든 몬스터가 심장에 마정석을 가지고 있는 것이 아니다.

강할수록 순도 높은 마정석이 나온다는 것은 당연한 상식이었다.

하지만 그렇다 해도 지금의 결과는 너무나도 허무했다.

마정석을 가진 고블린은 두 마리에 불과했던 것이다.

"거기도 없냐?"

"네, 이놈도 없어요."

"이거… 인건비도 안 나오겠네요."

다들 허탈하다는 듯이 한마디씩을 보탰다.

확실히 수확 없는 전투였다.

하지만 방금 전 상대한 고블린은 팀 아케인이 노리던 목표가 아니었다.

그저 길을 지나다 마주친 몬스터에 지나지 않았다.

그러기에 한탄하기에는 일렀다.

오히려 정진의 마법이 어느 정도 위력을 가졌는지 알 수 있는 좋은 계기가 되어주었다.

자연 앞으로의 사냥에 더욱 기대가 되었다.

한편, 정진은 일행들이 고블린 시체를 다시 한 번 뒤지고 있었다.

비록 마정석은 없지만, 고블린에게는 마정석 못지않을 만큼 유용한 물건이 하나 있었다.

마비독.

고블린이 사용하는 독은 의식은 그대로 유지한 채 몸만 마비시키는 특성이 있었다.

때문에 고블린의 독에 당하면 죽는 순간까지 자신이 먹히는 광경을 꼼짝없이 지켜봐야만 했다.

이러한 정보를 알고 있는 정진은 고블린의 시체에서 마비독을 수거하는 중이었다.

앞으로의 사냥에 큰 도움이 될 것이 분명하기에.

심지어 고대 아케인 제국의 문헌에 따르면, 오우거를 마비독으로 사냥했다는 기록도 있었다.

그러니 정진이 고블린의 시체를 뒤지는 것은 어쩌면 당연한 일이었다.

정진이 돌아오자 김지웅은 곁으로 다가와 물었다.

"정진아, 방금 뭐한 거냐?"

"이거요? 독이에요."

"독? 독은 뭐하게?"

"고블린은 독을 이용해 사냥을 해요. 생명을 위협할 정도는 아니지만, 그래도 무척 유용한 부분이 있거든요. 바로 해독이 되지 않는다는 점이에요."

"뭐? 그게 정말이야?"

"물론이죠. 고블린의 독은 중형 몬스터인 오우거도 중독시킬 수 있을 정도예요."

"아니, 오우거도 꼼짝을 하지 못하는데 위험하지 않아?"

"네. 고블린의 독은 마비독이거든요. 만약 전투 중에 상대가 마비되었다고 생각해 보세요. 그러면 싸움은 끝난 거나 다름없잖아요."

정진은 마법 재료를 얻는 방법을 배울 당시 고블린의 독에 대해 자세히 익혔다.

정진의 설명을 들은 지웅은 눈이 커졌다.

자신의 가슴 정도밖에 닿지 않는 고블린이 설마 몇 배나 커다란 상위 포식자인 오우거까지 사냥을 한다는 소리에 가슴이 벌렁거렸다.

고블린이라면 몬스터의 먹이사슬에서 최하위에 있는 몬스터다.

그런데 그런 몬스터도 상위에 속하는 포식자 몬스터를 사냥할 수 있다는 말에 놀라지 않을 수가 없었다.

"이것을 잘만 사용하면 보다 쉽게 몬스터를 사냥할 수 있어요."

"아, 그래서 그걸 수거한 것이구나?"

"네. 헌터 클랜에 비해 장비가 부실한 저희로서는 이곳에서 얻을 수 있는 것을 적극 활용해야지요."

정진의 말에 지웅도 고개를 끄덕이며 긍정의 반응을 보였다.

두 사람의 대화를 옆에서 듣고 있던 이정진도 눈을 반짝였다.

정진의 말대로라면 자신들에게 무척이나 도움이 되는 정보다.

헌터들에게 고블린은 흔히 접하는 몬스터였다.

하지만 헌터들은 고블린을 굳이 사냥하지 않았다.

효율이 좋지 않기 때문이다.

어차피 고블린에게서 얻을 수 있는 것도 별로 없는데다 무리지어 다니는 탓에 상대하기가 쉽지 않다는 점도 그랬다.

같은 노력이면 고블린보다 오크가 사냥하기에 더 수월했다.

그런데 정진은 고블린에게서 엄청난 보물을 발견한 것이다.

"그게 오우거에도 통한다는 것이 사실이냐?"

"네, 분명 전 그렇게 배웠어요."

"그럼 혹시 말이다⋯⋯."

김지웅은 문득 엉뚱한 생각이 들었다.

그래서 잠시 뜸을 들이다 질문을 하였다.

"사실 뉴 어스의 몬스터들은 판타지 소설에서 나오는 특성에 맞춰 이름을 붙인 것인데, 이게 우연인 거냐?"

지금껏 그 누구도 생각해 본 적이 없는 질문이었다.

그런데 지금, 김지웅은 그게 절대로 우연이 아니란 생각이 들었다.

"그거야 저도 모르죠. 소설 작가 중에는 미래를 우연히 보고 그것을 소설로 쓴 일화도 있잖아요. 혹시 알아요, 그런 사람 중 여기 뉴 어스의 과거를 보았다가 그것을 소설로 썼을지."

"그게 뭐야?"

"저도 모른단 소리예요. 큭큭."

처음 말뜻을 이해하지 못한 김지웅은 나중에야 자신을 놀렸다는 것을 깨닫고 정진에게 달려들었다.

"장난은 그만하고, 이제 다시 출발하자."

팀 아케인이 떠난 자리에는 작은 모닥불을 피운 흔적과 불타 버린 고블린 무리의 시체만이 남았다.

Chapter 9
노인태의 욕심

헌터 협회 뉴 서울 지부.

똑똑.

"들어와."

자신의 컬렉션을 보며 미소 짓던 윤성식은 들려오는 노크 소리에 자세를 다잡았다.

지금이야 지부장을 맡고 있지만 5년 전만 해도 윤성식은 일성 클랜 소속의 헌터였다.

5등급의 상위 헌터였던 그는 일성 클랜에서도 실장급에 올라 상당한 연봉을 받았다.

하지만 화무십일홍이라고 했던가.

잘나가던 윤성식은 하루아침에 낙동강 오리알 신세가 되면서 자신의 거처를 정해야 할 처지가 되었다.

클랜 내 파벌 싸움에서 밀린 것이었다.

결국 그는 일성 클랜에서 쫓겨 나와 일자리를 전전하게 되었다.

그러던 중 반대파의 방해로 헌터 클랜에 들어가지 못하게 되자 헌터 협회에 자리를 잡았다.

그런데 그게 전화위복이 되었다.

마침 헌터 협회에서는 대대적으로 인재를 영입하고 있었다.

명색이 헌터 협회인데, 대기업 소유의 헌터 클랜에 비해 능력이 많이 처지다 보니 권위를 갖지 못한 탓이었다.

아무래도 정부로부터 예산을 얻어 쓰다 보니 제약이 많았다.

협회의 독립성을 위해 직속 헌터 조직을 꾸렸지만, 실적은 여전히 좋지 못했다.

일자리를 찾는 윤성식과 인재를 찾는 헌터 협회의 이해가 맞아떨어지는 순간이었다.

윤성식이 헌터 협회 소속이 되면서 많은 변화가 시작했다.

윤성식은 우선 일성 클랜에서 밀려난 헌터들을 규합해 직속 부대를 만들었다.

그리고 이들을 기반으로 헌터 협회의 헌터 팀을 재편하였다.

그러자 대기업 후원의 헌터 클랜 못지않은 실적이 쌓이기 시작했다.

당연히 윤성식의 주가는 시간이 지날수록 올라갈 수밖에 없었다.

급기야 윤성식은 헌터 협회 최고 지도부 라인 중 한 곳과 줄을 댈 수 있게 되었다.

헌터 협회 내 최고 파벌.

바로 차현수 부회장 라인이었다.

차현수 라인의 핵심으로 들어가게 된 윤성식은 오늘의 자신을 있게 해준 파워 슈트와 무기를 애지중지했다.

손님이 오면 사무실에 장식해 둔 장비들을 자랑하는 것이 그의 빠지지 않는 일과였다.

그는 일과를 시작하기 전에 항상 파워 슈트와 바스타드 소드를 정성스럽게 닦았다.

오늘도 수선을 마친 파워 슈트와 바스타드를 장식하던 차에 비서가 보고를 하기 위해 찾아온 것이었다.

"지부장님께서 말씀하신 헌터들이 밖으로 나갔습니다."

윤성식은 마치 기다렸다는 듯이 눈을 반짝였다.

"확실한가?"

"예, 그렇습니다. 팀 아케인이라고, 금일 10시 35분에 게이트를 통해 들어왔고, 10시 40분에 신고를 마치고 바로 북문을 통해 밖으로 나갔습니다. 헌팅 기간은 4박 5일입니다."

"그럼 5일 뒤에 돌아온다는 말이지?"

윤성식은 비서의 말에 뭔가 골똘히 생각에 잠겼다.

팀 아케인이란 이름은 처음 들어보는 것이지만, 윤성식은 그들을 예의주시하고 있었다.

헌터 협회 상부에서 그들을 주시하라는 명령이 내려왔기 때문이다.

윤성식은 겨우 헌터 몇 명이 모인 헌팅 팀을 주시하라는 것인지 이해할 수가 없었다.

그래서 개인적으로 사정을 알아보았다.

결과는 놀라웠다.

구성원 한 명, 한 명이 상당히 뛰어난 헌터들인데다 현재 이슈의 중심인 생환자 두 명이 포함되어 있는 것이었다.

모두가 눈독을 들이고 있는 최초의 생환자.

게다가 생환 후 헌터 시험을 치르자마다 7등급을 부여받았다.

윤성식으로서는 당연히 주시해야 할 상황이었다.

만약 그를 끌어 들일 수만 있다면 자신의 입지는 더욱 탄탄해질 것이고, 어쩌면 차기 부회장 자리도 노려볼 만했다.

"일단 상부에 보고해 두고, 노태 클랜에도 알려주도록."

"알겠습니다."

윤성식은 비서에게 따로 노태 클랜을 언급해 지시를 내렸다.

현재 윤성식에게 가장 이득이 되는 것은 뒷돈을 주고 있는 기업들에게 정보를 흘리는 일이었다.

생환자에 대한 정보를 넘기면 상당한 커미션을 받을 수 있는데, 굳이 그것을 마다할 이유가 없었다.

"그럼 이만 나가보게."

"알겠습니다."

사무실에 혼자 남은 윤성식은 창밖을 보며 비릿한 미소를 지었다.

"헌터 협회로 자리를 옮기길 잘했어."

앞으로도 자신의 권력은 더욱 늘어날 것이 분명했다.

차기 협회 회장으로 차현수 부회장이 유력한 지금, 자신의 미래는 탄탄대로처럼 느껴졌다.

† † †

영원의 숲 남쪽.

팀 아케인의 리더인 이정진은 예전 노태 클랜의 흰머리산 던전 탐사대가 지나갔던 루트를 따라 일행을 인도하였다.

중간에 몇몇 몬스터와 마주치기도 했지만, 팀 아케인은 굳이 싸우지 않고 몸을 피하며 이곳까지 왔다.

처음 이정진이 몬스터를 발견하고도 피하는 모습에 강현성, 강진성 형제는 의아한 표정을 지었다.

사냥을 위해 뉴 어스에 왔는데, 정작 몬스터를 발견하고도 회피하는 모습에 의문을 가진 것이다.

하지만 이정진은 궁금증을 해결해 주지 않고 영원의 숲 남쪽까지 빠르게 이동을 하였다.

"형님, 영원의 숲 초입까지 왔으니 이젠 이유를 좀 알려 주시지요."

강진성도 눈을 반짝이며 리더인 이정진을 쳐다보았다.

하지만 정작 이정진은 고개를 돌려 정진에게 물을 뿐이었다.

"보이냐?"

"아직 보이진 않지만, 존재감은 느껴져요."

"그래? 이대로 들어가는 건 좀 걱정이 되는데, 어떻게 안 되겠냐?"

이정진은 정진의 마법이라면 영원의 숲에서도 몬스터를 쉽게 사냥할 수 있음을 잘 알고 있었다.

하지만 이곳은 영원의 숲.

마냥 마음을 놓기에는 위험도가 남달랐다.

이곳에 거주하는 몬스터 하나하나가 잠시의 방심도 용납하지 않았다.

위험이 큰 만큼 마정석을 얻는 것은 당연한 일이지만, 피해가 발생한다면 아무런 의미가 없었다.

그렇기에 여기서는 정진의 가디언인 타라칸이 꼭 필요했다.

"알겠어요. 타라칸을 부르죠."

정진이 숲으로 들어가 길게 휘파람을 불렀다.

휘익!

그러자 마나가 공명하면서 영원의 숲 깊숙이까지 소리가 울려 퍼졌다.

"형님, 저거 말려야 되는 것 아닙니까?"

강현성은 물론이고, 강진성과 김지웅까지 이정진을 붙들고 우려의 표정을 지었다.

몬스터는 후각도 예민하지만 청각 또한 상상을 초월했다.

그런데 저렇게 요란하게 휘파람을 불어 대니 몬스터들이 몰려들지나 않을까 걱정이 된 것이다.

"걱정하지 마라, 다 이유가 있어서 그러는 것이니."

아니나 다를까, 세 사람의 우려는 현실이 되었다.

숲이 요란하게 울리기 시작한 것이다.

이정진의 걱정 말라는 말은 전혀 도움이 되지 않았다.

세 사람의 불안감이 점점 고조되어 갈 때.

뭔가 묵직한 발걸음 소리가 점점 가까이 들려왔다.

크엉!

"헉!"

숲 안쪽에서 커다란 맹수의 포효 소리가 들리고, 영원의 숲은 언제 그랬냐는 듯 고요해졌다.

김지웅이나 강현성, 진성 형제는 다급한 숨을 들이마셨다.

이정진 또한 표정이 굳어졌다.

지금 자신들을 향해 다가오고 있는 존재가 무엇인지 알고 있음에도 이정진으로서는 결코 마음을 놓을 수가 없었다.

'제길, 매번 느끼는 것이지만 저놈은 정진이 빼고는 다 경계를 하는군.'

타라칸이 무엇 때문에 자신의 존재감을 드러내고 다가오고 있는지 잘 알고 있기 때문이었다.

몬스터이면서도 어찌나 눈치가 빠른지.

타라칸은 정진에게 위협이 되는 것에는 일절 용서가 없었다.

"어헉!"

비명 소리에 이정진이 고개를 돌리니 놀란 눈으로 입을 벌린 채 아무 말도 못하고 있는 멤버들이 그의 눈에 들어왔다.

"뭔데 그래?"

일행이 바라보고 있는 곳으로 시선을 돌리자 그곳에는 커다란 크기의 백호를 연상시키는 짐승이 있었다.

"타라칸이군."

이정진은 숲에서 튀어나온 타라칸을 보며 담담하게 중얼거렸다.

"형님, 저놈을 아세요?"

이정진이 너무도 태연해 보이자 김지웅은 놀란 신색을 거두며 급히 물었다.

"저게 바로 정진이의 가디언이다. 이름은 타라칸이라고 하고, 레피드 타이거라는 동물형 몬스터라고 하더군."

"동물형 몬스터요?"

"그래. 정진이 그러는데, 뉴 어스에는 크게 육상 몬스터와 해양 몬스터가 있고, 육상 몬스터는 다시 동물형 몬스터와 곤충형 몬스터, 그리고 마물형 몬스터로 나뉜다고 하더라."

이정진은 뉴 서울 캠프로 복귀를 하면서 정진에게 들었던 이야기를 멤버들에게 들려주었다.

"뭐, 그 안으로 세부적인 분류가 더 있긴 하지만… 일단 저것은 동물형 몬스터 중에서도 꽤 상위에 속하는 종이라고 한다."

"와!"

"아, 그리고 지웅이는 한 달 전에 여기서 본 놈 알지?"

이정진은 김지웅을 보며 물었다.

"뭐 말입니까?"

"그놈 있잖아. 왜, 거대한 유인원을 닮은 몬스터. 노태 클랜의 아머드 기어 네 기와 맞장 떴던 몬스터 말이야."

"아, 네. 근데 그게 왜요?"

"저놈이 그놈보다 더 강하다고 하더라."

"헐, 그게 말이 되는 소립니까? 자그마치 아머드 기어 네 기라고요. 비록 무사시가 최강의 아머드 기어는 아니지만, 그런 것을 네 기나 동시에 상대하고도 유유히 빠져나간 그 괴물보다 저 몬스터가 강력하다고요?"

김지웅은 정진의 앞에서 재롱을 피우고 있는 타라칸을 가리키며 물었다.

저음 등장했을 때만 해도 김지웅을 비롯한 강현성 형제는 말도 못할 정도로 겁에 질렸다.

하지만 마치 강아지가 재롱을 부리듯 정진에게 엉기는 모습은 그런 모습을 잊게 만들었다.

"야, 너희들, 저 모습에 속지 마. 저놈은 몸집 크기도 조절할 수 있을 정도로 능력이 다양한 놈이야. 괜히 저 모습에 속아 함부로 대했다가는 언제 한 끼 식사거리가 될지도 몰라……."

단단히 주의를 준 이정진은 인상을 구기며 정진에게 다가갔다.

예전 타라칸에게 괴롭힘당한 기억이 떠오른 탓이었다.

그런 사정을 모르는 세 사람으로서는 고개를 갸웃거릴 수밖에 없었다.

"정진아, 이제 그만 이동하자."

"네. 일단 짐은 타라칸에게 넘기세요."

정진은 뒤에 도착한 멤버들을 향해 말했다.

파워 슈트를 입고 있어 무게가 부담스럽지는 않지만, 언제 어느 때든 재빠르게 움직일 수 있어야 했다.

물론 영원의 숲의 지배자로 등극한 타라칸이 있으니 몬스터의 위협은 없겠지만, 그래도 뉴 어스의 정글은 방심을 할 수 없는 곳이다.

하찮아 보이는 식물이나 곤충으로 인해 언제 어느 순간 죽음을 맞이하게 될지도 모르기에 마음을 놓아서는 안 되는 것이다.

정진의 제안에 김지웅과 강형성, 진성 형제는 물론이고, 이정진까지 등에 지고 있던 짐을 내려놓았다.

짐이 줄어드는데 싫어할 사람이 누가 있겠는가.

짐을 타라칸의 등에 실은 일행은 다시 이동을 시작하였다.

"그런데 우리 지금 어디로 가는 것입니까?"

호기심 많은 김지웅이 앞서 걸어가는 이정진을 향해 물었다.

사실 이정진도 딱히 정해놓은 목적지는 없었다.

영원의 숲에 들어오면 타라칸과 합류하고, 그 뒤는 정진이 결정하기로 했기 때문이다.

정진이 몬스터 사냥을 계획하면서 가장 우선으로 고민한 것은 안전한 베이스캠프였다.

타라칸 덕분에 몬스터의 위협은 그리 걱정하지 않지만, 뉴 어스의 자연은 마음을 놓을 수가 없었다.

더욱이 팀 아케인은 일반적인 팀보다 숫자가 더 적었다.

고작 다섯 명이 전부인 것이다.

그러니 멤버들의 컨디션도 잘 살펴야 효율적인 사냥을 할 수 있었다.

그래서 베이스캠프를 꾸리는 것에 신경을 썼는데, 정진은 타라칸의 둥지를 이용하기로 마음먹었다.

영원의 숲 동쪽 바위산 기슭에 있는 타라칸의 둥지는 커다란 천연 동굴이었다.

처음에는 별생각 없이 타라칸의 집이 어떤 곳인지 궁금해 들러보았지만, 지금은 아니었다.

이정진에게서 베이스캠프의 중요성을 듣게 된 정진은 타라칸의 둥지를 자신이 꾸릴 헌팅 팀의 베이스캠프로 사용할 계획을 세웠다.

어차피 사냥을 하려면 몬스터들이 서식하고 있는 곳으로

찾아가야 했다.

그중에서도 정진은 질 좋은 마정석을 갖고 있을 것이라 짐작되는 몬스터만 골라 사냥할 계획이었다.

마법사인 자신이 디텍트 마법으로 살짝 살펴보기만 해도 대충은 알아낼 수 있으니 어려울 것은 없었다.

그런 점에서 강력한 몬스터가 많은 영원의 숲이 딱 적당했다.

더욱이 영원의 숲의 지배자가 된 타라칸이 옆에서 보조를 해줄 테니, 두려울 것도 없었다.

"타라칸의 둥지에 가서 베이스캠프를 꾸릴 생각이에요. 전에도 설명을 드렸지만, 저희는 5, 6급 정도의 몬스터를 잡으려고 이곳에 왔어요. 뭐, 그런 놈들이 보이지 않으면 그냥 보이는 대로 잡겠지만, 최우선 목표는 5급이나 6급으로 두세 마리 정도를 생각하고 있어요. 그러기 위해선 안정적인 베이스캠프가 필요한데, 타라칸의 둥지가 이곳 영원의 숲에서 가장 안전한 곳이에요."

정진의 설명에 김지웅을 비롯한 다른 멤버들은 타라칸의 뒷모습을 새삼 돌아보았다.

영원의 숲의 지배자.

말만 들어도 놀라운 몬스터가 자신들의 짐을 지고 이동하는 모습은 정말이지 현실감이 무척이나 떨어졌다.

✝ ✝ ✝

"뭐라고? 그놈이 10억 원어치나 되는 마정석을 한꺼번에 팔았다고?"

노인태는 비서의 말에 깜짝 놀라 다시 물었다.

재벌 2세인 그에게 10억은 그리 큰돈은 아니었다.

하지만 일개 일꾼이었던 이가 마정석을 팔았다는 소리의 의심이 들었다.

"예. 헌터 협회 최 대리에게 똑똑히 들었습니다. 생환자 중 한 명이 마정석을 판매하였는데, 자그마치 10억 원에 이를 정도로 엄청난 숫자였다고 합니다."

최성규는 자신의 대학 동기인 최태현을 떠올리며 확신을 담아 말했다.

"음…….

노인태가 생각에 잠긴 듯하자 최성규는 조용히 기다렸다.

괜히 그의 사색을 방해했다가는 불호령이 떨어지기에 가만히 잠자코 있는 것이다.

한참을 생각하던 노인태가 눈을 뜨며 물었다.

"자네가 생각하기에 헌터도 아닌 인간이 뉴 어스에서 실종되었다가 한 달 만에 나타났는데 10억 원어치의 마정석을 들고 왔다면 이해가 가나?"

"아닙니다. 절대 믿을 수 없는 일입니다."

최성규뿐만 아니라 어느 누구를 잡고 물어도 백이면 백, 그리 대답을 할 것이다.

"그렇다면 이런 가정은 어떤가?"

"어떤 가정 말씀이십니까?"

"던전에서 실종되기 전, 그놈이 엄청난 아티팩트를 훔친 거야. 그리고 실종된 것처럼 가장하고 몬스터를 사냥했다면 가능하지 않겠나?"

노인태는 자신의 생각을 마치 진실인 양 설명했다.

하지만 나름 일리가 있었다.

그렇지 않고서는 정진이 그 많은 마정석을 얻게 된 것이 이해하기 어려운 탓이었다.

"맞습니다. 분명 사장님의 말씀처럼 놈은 저희가 발굴한 던전에서 아티팩트를 훔쳤을 것이 분명합니다."

최신규도 말을 할수록 그 생각이 틀림없다고 판단했다.

그러자 정진이 더욱 용서가 되지 않았다.

"이대로 둬선 안되겠습니다. 그 아티팩트를 반드시 찾아야 합니다."

"그래. 아티팩트 회수는 물론이고, 감히 내 물건을 훔친 것에 대한 죗값을 치르도록 만들어야지."

"맞습니다. 감히 저희 클랜의 물건에 손을 댄다는 것은 있을 수 없는 일입니다. 다시는 이쪽 계통에 발을 들이지 못하게 철저하게 죗값을 치르게 해야 합니다. 만약 저희 클랜이 아티팩트를 손에 넣었다면 그보다 더 많은 성과를 얻었을 텐데, 그놈이 아티팩트를 훔쳐간 것 때문에 손해가 이만저만이 아닙니다."

노인태와 최성규는 자신들의 상상 속 산물을 정말로 정진이 훔쳐갔다고 믿으며 광분하기 시작했다.

"이건 대체 무슨 소린가?"

차현수는 추경운 부장의 보고를 듣고는 의아한 표정으로 되물었다.

노태 클랜의 노인태가 헌터 한 명을 상대로 절도 혐의를 제기하며, 영구적인 자격 정지를 요청했다는 내용이었다.

"예. 저번에 뉴 어스에서 생환한 귀환자가 있지 않습

니까?”

“그래. 우리는 물론이고, 회장 쪽에서도 무척이나 각별히 예의 주시하고 있지.”

“맞습니다. 저희 협회만 그런 것이 아니라 정부를 비롯해 외국의 헌터 협회에서도 초유의 관심을 보이고 있습니다. 뿐만 아니라 웬만한 헌터 클랜이나 길드에서도 주시하고 있지요.”

추경운은 차현수의 눈치를 살피며 장황하게 말을 늘어놓았다.

“그래서 요점이 뭔가?”

“예. 노인태 사장은 그 생환자가 몬스터가 우글거리는 뉴 어스의 정글에서 무사히 살아 돌아올 수 있던 것이 자신들이 발굴하던 던전에서 아티팩트를 훔쳤기 때문이라 주장하고 있습니다.”

“아티팩트?”

“예. 일개 일꾼으로 계약을 했던 자가 한 달 만에 100km가 넘는 뉴 어스의 정글을 무사히 빠져나왔다는 것은 정상적이지 않은 이야기라는 것이지요.”

추경운의 이야기를 모두 들은 차현수 부회장은 나름 타당하다는 듯 고개를 끄덕였다.

"뭐, 그렇긴 하지. 상위 헌터도 아니고, 일개 일꾼이었던 자가 한 달 만에 그런 엄청난 능력을 가진다는 것은 상식적으로 봐도 불가능한 일이니까. 하지만……."

차현수는 노인태가 주장에 납득을 하면서도 뭔가 마음에 걸리는 것이 있었다.

헌터 클랜의 주 소득원은 몬스터 사냥에서 얻어지는 마정석과 부산품이다.

하지만 거대 기업이 후원하는 헌터 클랜의 경우, 그것 외에도 던전에서 발굴되는 이계의 물건들이 더 많은 비중을 차지한다.

나중에야 어떻게 될지 모르겠지만, 현재 던전에서 발굴되는 아티팩트 하나의 가격은 마정석 몇 십 개를 파는 것보다 더 막대한 이득을 가져다준다.

때문에 대형 헌터 클랜들은 몬스터 사냥보다 던전 발굴에 더욱 주력을 하는 것이었다.

당연히 던전에서 발굴하는 물건에 대한 관리도 철저할 수밖에 없다.

그런데 한낱 일꾼이 아티팩트를 훔칠 때까지 전혀 모르고 있었다는 것은 말이 되지 않았다.

특히나 그들이 주장하는 것은 근거가 너무도 약했다.

노인태의 추측 말고는 어떤 것도 입증할 만한 증거가 없었다.

자신들이 어떤 것을 도난을 당한지도 모르는 상태에서 도난 신고를 한 것은 물론이고, 헌터 협회에 제재를 요청하는 것은 말도 되지 않는 일이었다.

"지금 자넨 아직 확실하지도 않은 일을 가지고 협회에서 헌터를 제재해야 한다는 것인가?"

"네? 아니 그런 것은 아니지만, 저… 하지만 부회장님도 이상하다고 생각지 않으십니까? 일개 일꾼이 어떻게 한 달만에 7급 헌터가 될 수 있겠습니까? 설령 7급이라고 해도 몬스터가 득실거리는 뉴 어스의 정글을 빠져나오는 것은 말이 되지 않잖습니까?"

추경운은 뭔가 찜찜해하는 차현수를 설득하기 위해 애를 썼다.

이는 사전에 노인태로부터 대가를 받았기에 그런 것이었다.

더욱이 노인태의 뒤에는 대기업인 노태 그룹이 존재하고 있으니, 헌터에 불과한 정진보다는 노인태에게 기우는 것은 당연한 일이었다.

"하지만 아직 아티팩트를 훔쳤다는 증거도 없지 않나?"

차현수 부회장은 비록 욕심이 많긴 해도 막무가내로 일을 처리하는 이도 아니었다.

차기 헌터 협회 회장 자리를 노리는 그이기에 오점을 남길 만한 일은 피하고자 했다.

"확실한 증거를 가져온다면 일을 추진하지. 하지만 그렇지 않다면 난 그 일을 승인할 수가 없어."

사실 차현수는 추경운이 무엇 때문에 이렇게 열을 내고 있는지 잘 알고 있었다.

오래전부터 노인태 사장과 자주 접촉하며 돈을 받고 있다는 사실을 파악하고 있는 것이다.

그렇기에 차현수는 확실하게 선을 그었다.

"알겠습니다. 그럼 노인태 사장을 만나 다시 한 번 아티팩트 목록에서 도난당한 물건이 있는지 알아보라고 하겠습니다."

"그래, 물러가 봐."

"예. 그럼 나가보겠습니다."

탁.,

추경운 부장이 문을 닫고 나가자 차현수 부회장은 홀로 생각에 잠겼다.

'음, 뭐, 나도 욕심이 나지 않는 것은 아니지만 말이야,

그래도 이건 좀 아니지. 일반인이 몬스터를 상대할 수 있는 아티팩트가 정말 있을까? 아니, 있을지도 모르지만, 그놈이 이기동 부장을 통해 교환한 마정석의 양은 아티팩트만으로 획득할 수 있는 게 아니었어.'

차현수가 생각하기에 정진에게는 숨겨진 비밀이 많았다.

그 스스로의 주장대로라면 최초의 이계인과 조우했으며, 마법이란 학문을 배웠다고 했다.

한데 그 능력이 얼마나 되는지를 알 수가 없었다.

청문회에서 간단한 시범을 보이기는 했지만, 몬스터에게 얼마나 작용하는지도 알 수가 없으니 뭐라고 정의할 수도 없다.

물론 노인태 사장의 주장처럼 특별한 아티팩트를 빼돌렸을 수도 있다.

하지만 차현수가 생각하기엔 그것은 도무지 말이 되지 않았다.

노태 클랜은 던전에서 발굴된 물건을 절대로 허술하게 관리하지 않는다.

언제나 철저하게 기록을 남기고, 또 이송을 할 때도 기록을 누락시키지 않았다.

그러니 만약 정진이 아티팩트를 훔쳤다면 도난에 대한 기록이 남아 있어야 한다.

그렇지만 노태 클랜이 정부에 신고를 한 것에는 전혀 그런 기록이 없었다.

물론 뉴 서울로 복귀를 하던 중 몬스터의 습격으로 많은 물품이 분실되기는 했지만, 그때는 그에 대한 아무런 언급이 없었다.

그러다 이제 와 도난당한 물건이 있다고 주장을 하다니.

차현수는 노인태가 억지를 부리고 있다고 생각했다.

하지만 교활한 토끼는 세 개의 굴을 파는 법.

전혀 신빙성이 없다고 말할 수도 업기에 추경운에게 확답을 주지 않고 더 자세히 알아보라는 말을 한 것이었다.

만약 노인태의 주장이 맞다면, 그야말로 엄청난 아티팩트가 아닐 수 없었다.

그러니 혹시 몰라 발을 걸쳐 두는 것이었다.

†   †   †

"그 말이 사실인가?"

"아닐 겁니다."

"그 말, 장담할 수 있나?"

"예. 한때 헌터였던 접니다. 그런 아티팩트는 세상 그 어디에도 없습니다. 아니, 노태 클랜이 주장하는 것처럼 타이탄이란 존재가 이계인들이 사용하던 대몬스터 병기였다면 가능할지도 모르겠습니다."

이기동 부장은 전기수 회장의 물음에 자신이 생각하고 있는 바를 솔직히 털어놓았다.

그가 본 정진은 거짓을 말할 만한 인물이 아니었다.

차라리 대답을 하지 않으면 모를까, 거짓을 참인 것처럼 대답할 사람이 아니라는 판단이었다.

그리고 노인태가 주장하는 것과 같은 어마어마한 아티팩트는 아직까지 존재한다는 보고를 받은 적이 없었다.

그런 관계로 이기동이 판단하기에 정진이 대량의 마정석을 교환했다는 정보를 어디선가 듣고 노인태가 욕심을 부린다고 판단을 내렸다.

로열패밀리의 일원이기는 하지만 10억 원이란 돈은 결코 작은 돈이 아니다.

더욱이 정진은 최초의 생환자로 사람들의 관심을 받고 있는 상태.

그러니 욕심 많은 노인태가 무리수를 두고 있는 것이리라.

더욱이 노태 클랜은 타이탄이란 이계의 대몬스터 병기를 숨겼던 전력이 있지 않은가.

물론 연구 목적으로 발표를 하지 않았다고 변명하고 있지만, 그들의 행보는 의심을 사기에 충분하였다.

그러니 이기동은 노인태의 주장보다는 직접 만나 이야기를 나눠본 정진에 대한 자신의 판단을 믿었다.

"물론 그가 숨기는 것이 전혀 없던 것은 아니지만, 그것이 노인태 사장이 주장하는 아티팩트는 아닐 것입니다."

"그래, 그렇단 말이지? 그럼 일단 우리 협회에선 침묵하기로 하지. 아직 밝혀진 것도 없는데 헌터를 제재한다는 것은 말도 되지 않는 소리지."

전기수 회장은 이기동 부장의 확고한 의견에 고개를 끄덕이며 정진의 헌터 자격 정지에 관한 건을 기각했다.

"와… 이런 곳이 있다니, 전망이 죽여주네."

타라칸의 둥지에 도착한 김지웅은 쉴 새 없이 감탄을 터트렸다.

영원의 숲을 한눈에 내려다볼 수 있는 타라칸의 둥지는

마치 일부러 구멍을 뚫어놓은 것처럼 바위산 중턱에 자리하고 있었다.

지상에서 20m 높이에 위치하고 있어 다른 몬스터의 침입에도 어느 정도 안전이 확보되었다.

더욱이 가까운 곳에 식수를 얻을 수 있는 수원이 있었기에 베이스캠프로서 완벽했다.

팀 아케인의 멤버들은 이곳을 무척이나 마음에 들어 하였다.

"오늘은 시간이 너무 늦었으니 일단 간단하게 정리하고, 내일 아침 일찍 베이스캠프를 꾸리기로 하자."

타라칸이 짐을 옮겨주었기에 빨리 도달하긴 했지만, 그래도 장장 80㎞를 걸었다.

일반 포장도로를 네 시간 만에 횡단하는 것도 쉬운 일이 아닌데, 나무가 우거진 정글을 그 시간에 주파한 것은 정말로 대단한 일이었다.

그런 탓에 팀 아케인 멤버들은 정진을 제외하고는 모두가 지쳐 있었다.

사실 정진은 로브에 걸린 컴플리트 힐 덕분에 언제나 최적의 컨디션을 유지할 수 있는 것이었지만.

게다가 타라칸의 등에 올라 이동했기에 전혀 지칠 이유가 없었다.

　그래서 정진은 지친 동료들을 위해 나서서 저녁을 준비하였다.

　팀 아케인 멤버들은 정진이 저녁 준비를 하자 지친 몸을 이끌고 각자 주변을 정리하였다.

　아무래도 타라칸이 생활하던 공간이기에 진한 노린내가 둥지 안에 가득한 터라 청소는 필수였다.

　다들 주변을 정리하고 간이침대를 설치하느라 분주하게 움직였다.

　그렇게 팀 아케인의 첫날이 지나가고 있었다.

〈『헌팅 프론티어』 제4권에서 계속〉

1판 1쇄 찍음 2016년 6월 7일
1판 1쇄 펴냄 2016년 6월 13일

지은이 | 정사부
펴낸이 | 정 필
펴낸곳 | 도서출판 **뿔미디어**

기획 · 편집 | 문정흠 · 한관희

출판등록 | 2002년 9월 11일 (제081-1-132호)
주소 | 경기도 부천시 원미구 소향로 17번길(두성프라자) 303호 (우) 14544
전화 | 032)651-6513 / 팩스 032)651-6094
E-mail | bbulmedia@hanmail.net
홈페이지 | http://bbulmedia.com

값 8,000원

ISBN 979-11-315-7219-1 04810
ISBN 979-11-315-7112-5 04810 (세트)

※파본은 구입하신 서점에서 교환하여 드립니다.

※이 책은 (도)뿔미디어를 통해 독점 계약되었습니다.
저작권법에 의해 보호를 받는 저작물이므로 무단 전재와 무단 복제를 엄금합니다.

www.bbulmedia.com

www.bbulmedia.com